前度的羅生門 II

愛をくれないなら、殺す

If you don't love me, I'll kill you.

孤泣著

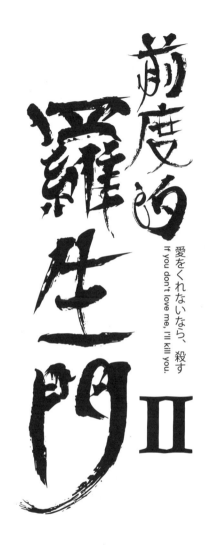

《前度的羅生門2》Rashōmon Of Love Ⅱ

登場人物介紹

金敘逆

因對女友優結央的死因存在疑問，開始調查她的死亡原因。他開辦加密貨幣交易所，跟金敘翰與金敘依是三兄弟妹，感情非常好。他頭腦清晰，做事抽絲剝繭，外表卻不修邊幅，有一份男人味。

金敘翰

電車充電站的老闆，事業如日方中，可惜最後慘死在自己的車上。他死前跟譚金花有一段關係，而他哥金敘逆懷疑他的死跟譚金花有關。他外表俊俏，有一雙大眼睛，看不出已經三十九歲。

金敘依

Elizabeth Love 時裝品牌創辦人。二十三歲時，她在時裝界中闖出名堂，是很多設計師及企業家學習的對象。捲曲的髮型讓她看起來更高雅，成熟的外表下，卻有一份少女的氣息。金敘逆最後發現他跟「前度暗殺社」有關，其他資料暫時不詳。

優結央

金敘逆的女友，他們在維也納的火車上認識，一見鍾情。性格開朗的她，一年前被發現在自己的家中墮樓自殺，金敘逆懷疑她的死因有其他隱情，開始追查。她是一名藝術攝影師，性格獨立，喜歡一個人去旅行。

高斗泫

葛角國的前度女友。她在高級化妝店工作，高挑的身材婀娜多姿，只有二十五歲的她，卻有一種成熟的氣質。從小已經非常獨立，希望能在這可怕的社會中生存。她跟金敘逆暗中合作，希望幫助他調查出事件背後的真相。

姜幼真

韓志始的前度女友。二十二歲，外表卻像一個十八歲的少女，樣子楚楚可憐、明眸皓齒，讓人有一種想吃一口的感覺。單親家庭長大的她，在雪糕店工作，跟吳方正是識於微時的好朋友，一直也是吳方正的愛情軍師。

孫希善

吳方正的前度女友。她在時裝雜誌社工作，染了韓系粉色的髮色，肌膚雪白，雙瞳剪水的大眼睛，明艷動人，性格開朗。他們調查到孫希善跟戀愛作家文漢晴有隱情，而她曾經放棄的胎兒其實是屬於文漢晴，而不是吳方正。

葛角國

高斗泫的前男友。留著一個短髮後梳油頭髮型，外表成熟。在中環一所加密貨幣公司工作，外表誠懇，內心卻非常邪惡。為了得到客戶，犠牲了高斗泫的身體，而且利用年老的母親欺騙保險費，最後死在吳方正手上。

吳方正

孫希善的前男友。他的正職是寬頻安裝員，兼職送外賣，捲髮蓬鬆瀏海髮型，有一份陽光感覺，可惜內心跟外表相反，性格非常古怪與扭曲。他跟葛角國與韓志始是最好的朋友，卻因為姜幼真而把他們殺死。

韓志始

姜幼真的前男友。不愛社交的他，本身是一位韓文翻譯員，實則是韓國賣淫集團的一份子。單眼皮的他身材很高，留有一個韓系短髮。他拍下了姜幼真裸聊視頻，跟朋友公諸同好，最後被吳方正所殺。

陳思儀

她跟高斗泫同住，一直也妒忌高斗泫，而且跟高斗泫的前度葛角國有一手。父親是一個奸殺兒童的罪犯。

周靜蕾

她是孫希善時裝雜誌社的同事，是一位 Lesbian，一直也喜歡孫希善，同時，很仰慕金敘依。

黃若婷

姜幼真雪糕店的同事，家中養貓，遇上姜爵霆後一見鍾情，她拍下了姜幼真與吳方正一起的相片。

姜爵霆

金敘逆聘請的員工，樣子英俊，擅長網上社交，跟金敘逆的關係很好，不只是上司下屬，可以說是好朋友。

譚金花

所有發生的事情都跟她有關，是「前度暗殺社」的幹事，其他暫時不詳。

文漢晴

愛情專欄作家，跟孫希善有關，已經死去，警方說是中毒自殺。

朱明輝

優結央的前度男友，也是譚金花的前度男友，因車禍去世。

目錄 contents

序章 II

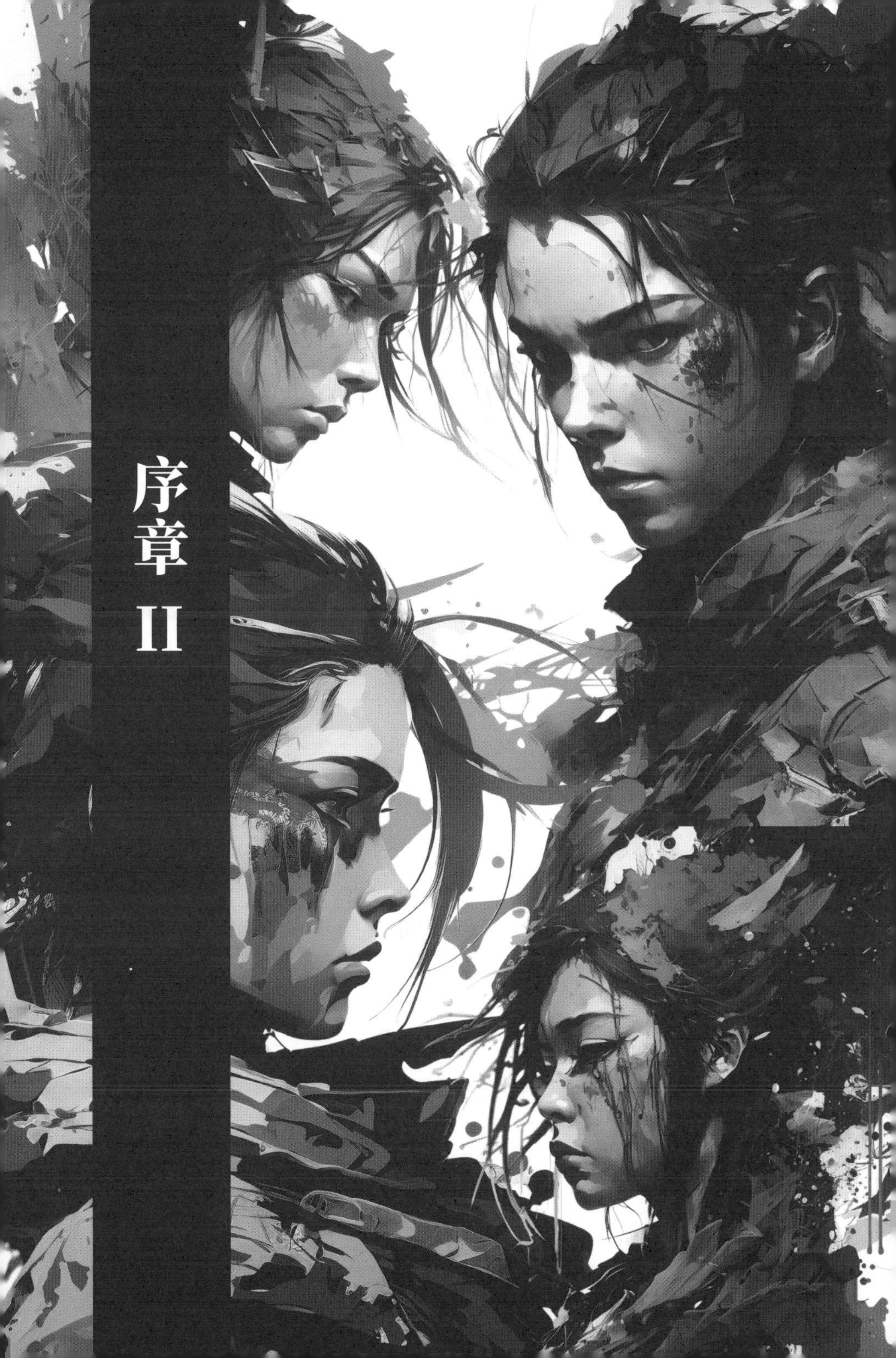

序章 II

什麼才是真實？

什麼才是虛假？

你看的電影是真實的嗎？

你看的小說是虛假的嗎？

世界上充滿了「羅生門」，愛情世界充滿了「羅生門」。

是誰在說謊？是誰欺騙了你？你真的知道嗎？

現實在欺騙著你？電影在欺騙著你？魔術在欺騙著你？小說……

也在欺騙著你？

或者，拿起小說看的你，不是在看小說，而是小說在看你。

看你那個不敢相信的表情，看你那個呆了一樣的面容。

你……真的知道那個世界才是「真實」的嗎？

你永遠也走不出……「**羅生門**」。

……

…

·

「當你喜歡到極致，人渣都會當天使。」

愛情是在於「付出」，而不強求「回報」。

那些電視劇都是這樣說的。

如果你的愛情是跟電視劇學習，對不起，你會對現實的世界非常失望。

你會對身邊的伴侶非常的失望。

只會付出不求回報的人，根本就不存在。

別要上當，那個是「演員」，而不是真實的「男女朋友」。

的確，我們不能以「功利主義」去衡量愛情，只求結果不求過程。因為愛一個人的過程，有時會比結果更重要。

但我們依然不可以沒有回報地去愛一個人，比如，妳深愛的他說想玩三人遊戲，妳為了他，願意跟另一個女人同時在他的床上？比如，你深愛的她不去工作，每天都問你拿錢，然後跟另一個男人約會，因為你愛她，所以一直供養這個情人？

不可能的。

沒有人只會付出，而不去想應有的回報。回報包括了一份生日的禮物、一次收工接送、一句「我想你」。

「你」是那個沒有回報也繼續愛「他」的人嗎？

我才不會讚賞你，只會說你非常愚蠢。

非常非常的愚蠢。

「他」利用了「你」的善良，然後，傷害了「你」。

你走入了一個愛情的羅生門之中。

你被「羅生門」困住了。

……

……

．

九個月前。

金敘逆成立了一間公司，調查優結央自殺的事件。

日本福岡塔，塔高二百三十四米，頂樓的觀景臺可三百六十度全景眺望福岡市街景，本來，是觀光的旅遊聖地，今天卻給幾個人全層包了下來。

一張長餐桌，擺放在落地玻璃前，幾個女人一面看著福岡的夜景，一面享用著鹿兒島A5頂級和牛。

她們就是「前度暗殺社」的幾位高層，還有一個女人站在一旁，她就是……金敘依。

「你哥要調查我們，我們要怎麼辦？」一個理著超短髮，藍眼的女人問。

她所說的，就是金敘依的大哥，金敘逆。

「還可以怎樣？阻礙我們的人全都要死！」另一個年長白髮的女人說。

「請各位原諒他！」站在一旁的金敘依向她們鞠躬：「我會在他身邊安排，不會讓他亂來。」

「真的可以嗎？」第三個紅髮的中年女人吐出了煙圈。

「沒問題的！」金敘依說。

「別要忘記，是誰讓妳在時裝界擁有現在的地位。」白髮女人說。

金敘依點頭，她的拳頭緊緊地握著。

其實一直以來，都是靠著她自己的努力才有現在的成就，不過，金敘依知道不能得罪她們。

「敘依，我相信妳。」

此時，在長桌的盡頭，一把少女機械人的聲音說。

在昏暗的燈光下，只能看到那個人的半邊臉，一個像洋娃娃一樣的面容。

「真乖，嘻嘻嘻嘻！」

當一個巨型洋娃娃發出了少女機械人的笑聲，一點也不可愛，而且還有一種讓人心寒的感覺。

「它」，就是「前度暗殺社」的真正最高決策人。

它？牠？他？她？

就連在座的三位高層也不知道「它」的真正身份，只知道，如果背叛這個「可愛」的洋娃娃，她們的下場會比死更難受。

金敘依也非常清楚這一點。

她想欺騙與隱瞞最疼愛她的兩位哥哥？不，她不想也只能這樣做。

不能讓他們跟「前度暗殺社」扯上任何的關係。

可惜，她的二哥金敘翰在半年前被殺死去。

她沒法阻止「前度暗殺社」，更沒法阻止金敘翰被殺。

究竟，為什麼會出現「前度暗殺社」這個組織？

這個洋娃娃背後又是一個怎樣的人？

《前度的羅生門》，即將把全部的真相揭開。

《當你回憶起最初，天使為何變惡魔？》

第九章——兄妹

第九章——兄妹 SIBLINGS〈1〉

金敘逆的辦公室內。

現在只餘下他跟金敘依兩兄妹，姜爵霆已經離開。

金敘逆利用了碼頭的位置，找出了「內鬼」，他希望自己是多疑，不過，事實就擺在眼前。

那個「內鬼」就是自己最疼愛的妹妹。

他們兩兄妹對坐著，金敘逆低下頭一直沉默著，他腦海中出現了醫院停屍間的畫面，他看著自己弟弟金敘翰支離破碎的屍體，還有自己深愛的女人優結央。

一切，都跟金敘依有關？

怎可能？！

「你何時發現的？」金敘依打破了沉默。

「就在妳告訴我朱明輝是結央前度的那時開始。」金敘逆沒神沒氣地說。

「為什麼？」

「我的確不知道朱明輝是結央前度，我只是從妳的口中得知。」金敘逆說：「不過，問題是……」

他抬起頭看著金敘依：「根本就不會有人知道他們的關係，我找到了結央的日記，她說自己是第三者，他們一直隱藏著跟朱明輝的情侶關係。」

金敘逆破解了結央在 iCloud 上的秘密日記，得知朱明輝有一段商業婚姻，他不可能把自己跟結央的關係說出來，破壞自己與家族的生意，而結央也沒有跟任何人提起。

「妳又會知道呢？」金敘逆反問。

「我……」

「因為妳要我把所有線索，都加入『譚金花』這個名字。」金敘逆搶著說：「而朱明輝是被妳們組織所殺的，所以妳知道他跟結央的關係。」

朱明輝跟優結央分手後，他再跟譚金花一起，但過了不久，朱明輝也因車禍死去，金敘逆開始懷疑，朱明輝與優結央的死，都跟譚金花有關。

再加上他的弟弟金敘翰死亡時，也是跟譚金花在一起，不會有這麼多巧合。金敘逆覺得，所有事情都跟譚金花有關。

跟「前度暗殺社」這個組織有關。

金敘依沒有說話，她的雙眼泛起淚光，看著他最尊敬的哥哥。

「我大概知道妳在想什麼。」金敘逆說：「妳是想我發現『前度暗殺社』的存在，希望我知道組織的可怕，然後放手不再調查，對嗎？」

金敘依欲言又止。

「我已經想到妳的下一步，妳會傷害自己，然後讓我知道再調查下去，會禍及我最疼愛的妹妹，最重視的妳。」金敘逆指著她：「那時，我就會收手不再調查，這就是妳的計劃，對吧？」

的確，這就是金敘依的想法，她知道「前度暗殺社」是一個可怕的組織，她不想自己的親大哥會被傷害，她已經決定了用傷害自己來讓金敘逆放手。

「我不想組織的人傷害你……」金敘依流下了眼淚：「這個組織是不好惹的……」

「翰呢？！結央呢？！妳一早知道他們是被他們所殺？！」金敘逆非常激動：「他是妳最愛的二哥！為什麼要這樣對他？」

「我當時不知道！當二哥被殺後，我更加怕你會出事！」金敘依哭成淚人：「你真的覺得我會這樣對翰？你真的以為我不愛他？！」

敘逆看著她那痛苦的眼神。

敘依沒有說謊，根本不可能有人會懷疑他們三兄妹的感情，從小到大，他們相依為命，大家都可以為兄弟妹而犧牲自己。

「我也想為二哥報仇！但我們根本就鬥不過這個組織！」敘依也很激動。

「為什麼妳不告訴我，妳也是其中一份子？」

「我告訴你又怎樣？這樣你就會收手了嗎？」敘依說：「你根本不會相信我！」

「我怎可能不相信妳！」

「優結央！」敘依說出了她的名字。

敘逆想罵下去，卻停止下來：「妳想說什麼？」

「你會相信我嗎？」敘依抹去眼淚：「優結央也是『前度暗殺社』的人！殺死朱明輝的人，不是譚金花，而是優結央！」

「什麼？！」

「優結央不是受害者，朱明輝才是！」

《你愈知道得多，你愈後悔愛過。》

第九章——兄妹 SIBLINGS〈2〉

「妳在說什麼？」敘逆搖頭不敢相信：「不可能！結央怎可能殺死朱明輝？她比朱明輝更早死去！」

「你不是說……會相信我的嗎？」敘依反問。

他看著敘依的眼神，一個非常堅定的眼神。

小時候，敘依被誣蔑偷東西曾出現過的眼神，當時，她的確沒有做過。

敘逆知道她這次也沒有說謊。

「究竟……發生什麼事？」敘逆雙手插進髮根：「依……究竟真相是怎樣的？」

此時，敘依的手機響起，她跟敘逆做了一個安靜的手勢，她收起了痛苦的情緒，然後接聽了電話。

打來的人，就是收到可愛貓咪相片的少女。

「是……」敘依說：「對，現在安全……對，原來只是惡作劇，我會再跟進……沒問題……沒問題……再見。」

只是簡單的幾句，敘依掛線。

「妳要把所知道的全部告訴我！」敘逆說：「我知道妳一定有什麼苦衷，而且不會是妳害死翰，但如果妳不說事實，我一世都不會原諒妳！」

「我知道。」敘依明白自己有多傷害了他：「我想去一個地方。」

「哪裡？」

敘依把手機留在桌上，她知道會被他們跟蹤。

「去找……二哥。」

……

…

.

華人永遠墳場。

他們兩兄妹來到了金敘翰的墓前，這晚是滿月，月亮的光影照著墳場的墓碑，把陰森的氣氛改變，反而有一種安祥的感覺。

「在這裡，就沒有人騷擾我們三兄妹團聚。」敘依看著月亮說。

「為什麼會變成這樣？」敘逆看著敘翰的相片：「為什麼他們要殺死翰……」

「哥，我知道自己一直隱瞞著真相，你一定很生氣，不過我就是不想你知道真相。」敘依看著月光下的他：「有些真相，寧願不知道。」

敘逆沒有說話，他知道敘依將會把他不能接受的真相告訴他，不過，就算是痛苦，他還是想知道答案。

敘依開始說出了她的故事。

首先，她說出了自己成為「前度暗殺社」其中一員的原因。

十八年前，當時只有二十歲的敘依，還是一個在時裝界默默打拼的新人，她的確非常有天份，可惜，在時裝界要闖出名堂，不可能只靠天份，還需要更多人脈和關係。

「當年，我跟一個時裝模特兒上床，全程被拍下來了。」敘依吐出了煙圈。

「什麼？」敘逆很驚訝。

當時某間上市公司的服裝品牌總裁，看中了敘依的設計，還有她的……身體，總裁有一個性癖，就是喜歡看著別人做愛，他才可以得到快感。

當年只有二十出頭的敘依為了討好那個總裁，她決定犧牲色相。

「這件事二哥是知道的，不過我沒告訴你。因為我們知道，如果告訴你，你會有什麼反應。也許，那個總裁會被你打到遍體鱗傷。」敘依苦笑：「其實，沒有人強迫我，我是自願的，而且，直至現在，我也不覺得為了自己事業這樣做有什麼問題。」

就因為這樣出賣了身體，敘依得到了很多的幫助，三年後終於在時裝界打出了名堂。

一切看似非常順利，不過……

「就在我發佈全新品牌 Elizabeth Love 的那一年，她死去了。」敘依說。

「她是？」

「Elizabeth。」

「Elizabeth？」

「就是跟我上床，然後被拍下來『收藏品嚐』的那個模特兒。」

《每個人的底線不同，不需要別人來認同。》

第九章——兄妹 SIBLINGS（3）

「她是我一生中最愛的女人。」敘依說：「就像你愛結央一樣，二哥經常說你不懂什麼是愛，其實，我知道你才是最懂的人。」

敘依甚至把自己公司的品牌用上了她的名字，就像 Elizabeth 一直也陪伴著她一起創造時裝界傳奇。

「Elizabeth 是被性虐待而死。」敘依繼續說。

那個變態總裁，一直也跟好友分享他的「珍藏」，當然，敘依跟 Elizabeth 的片更是他的最愛。總裁其中幾個好友看中了 Elizabeth，那班禽獸希望 Elizabeth 跟他們去一趟亞馬遜旅行。當時敘依不想 Elizabeth 赴約，不過，Elizabeth 知道可以幫助到敘依的事業，而且她覺得也沒什麼好怕，所以決定跟他們去一趟亞馬遜旅行。

數天後，敘依收到了 Elizabeth 的死訊，當時的死因報告說，她是被當地森林的野生動物殺死，是一場意外。

「後來，『她們』幫助我調查，得到了 Elizabeth 的死因報告。」敘依說。

「『她們』是指『前度暗殺社』？」敘逆問。

「對，就是『前度暗殺社』。」敘依說。

「為什麼『她們』會幫妳？」

「因為 Elizabeth 也是『前度暗殺社』的成員之一，比我更早已經是組織的成員。」

敘逆知道這個組織很大，但沒想到牽涉的人會是這麼廣。

「死因報告指出……」敘依說：「Elizabeth 的下體有其他動物的……精液。」

敘逆已經想到了發生什麼事。

「他們那班禽獸，用錢把真相隱藏，Elizabeth 是被他們玩弄至死！」敘依帶點激動。

「然後妳就找上『前度暗殺社』為妳報仇？」敘逆說。

「就如你愛結央，你也會想替她報仇吧？」敘依說：「因為『前度暗殺社』的規則，是前度才可以出手，所以我決定搭上籌備這次旅行的男人，然後跟他分手，最後由『前度暗殺社』處理他們。」

就在那一次之後，「前度暗殺社」邀請敘依成為「她們」的幹事，找出被拋棄的男女，然後逐一報仇。

「為什麼妳要加入『她們』？」敘逆問。

「最初幾年，我覺得這個組織是正義的，把那些拋棄別人的人渣殺死，根本就是在替天行道。」敘依說：「不過，年紀漸長，我知道分手根本不會全都是單方面的問題，每個人都有自己的問題，只是大家都只會放大對方的壞，而隱藏自己的錯。」

「羅生門。」敘逆說出了這三個字。「每個人都因為自身利益，說出屬於自己的故事。」

「對，殺死 Elizabeth 的畜生絕對值得下地獄，不過，不是每一對分手的情侶，都需要以死去結束整個故事，而且我知道，有很多『委托人』都會在幾年後，後悔自己做過的事。」敘依說。

「的確，兩個人分手當然會有一方先提出，但提出的人不一定是「加害者」，被分手的人，也不一定是「受害者」。

「『前度暗殺社』有一位寵兒，因為她完全沒有像我的想法，她……心狠手辣。」敘依再次看著逆：「她就是……優結央。」

本來敘逆想說：「不可能！」

不過，他知道來到現在，敘依已經不需要說謊。

「妳繼續說下去吧。」他說。

《用眼淚做誘惑，是最心狠手辣。》

第九章——兄妹 SIBLINGS〈4〉

優結央，一個樂天又可愛的女人。

敘逆被她的性格吸引，一直也深愛著她，甚至願意為她犧牲性命。結央死去後，敘逆不惜一切想找出可疑的地方，現在敘依所說的結央，好像變了另一個人一樣。

「兩年多前，她跟朱明輝分手，然後跟你一起，當時我很想跟你說出真相，因為這個女人太危險了。」敘依說：「不過，我知道如果我把組織的事告訴你，我跟你也會有危險，然後我找過結央。」

「我們在維也納的火車上認識之前，妳已經認識她？」敘逆盡量保持冷靜。

「對，當時，她已經準備好殺死朱明輝，而死因是車禍。」敘依說：「結央知道你就是我的哥哥，好像是緣份一樣，她跟我承諾，絕對不會傷害你。」

敘逆認真地看著她。

「結央跟你一起之前，已經殺死了七個前度，而且完全沒有手軟，最初我不太相信她的承諾，直至過了一年時間，我就明白她並沒有說謊。」敘依說：「因為之前七個前度，她也不會一起超過半年，結央卻跟你超過了一年時間，這代表了什麼？」

「她……」

「**她真心愛上你**。」敘依不等他說。

敘逆聽到妹妹這句說話，心中一酸，強忍著淚水。

「一向心狠手辣的結央，甚至把殺死朱明輝的事推遲，直至她死了後，朱明輝才被殺死。」

敘依說：「也許，就是因為跟你一起，讓她感覺到什麼才是真正的幸福，她……改變了。」

要讓一個女人完全改變，不是金錢，也不是名譽，而是……

「愛」。

一個真心愛著她的男人，一個她真心愛著的男人。

「是誰……是誰把她殺死？」敘逆問。

他把吳方正偷拍下的畫面告訴了敘依，敘逆知道殺死結央的人，一定是熟人。

「我也不知道誰是真正的兇手，不過，很大的機會就是組織內的人。」敘依說。

「前度暗殺社」有不同的部門，他們的勢力有如一個跨國集團的規模。除了敘依在日本福岡塔見過的幾個高層以外，還有比「幹事」更高級的成員，他們稱之為「隱爵」。

「隱爵」代表隱藏的紳士，男女成員都有，他們必須隱藏自己的身份，除了最高層，沒有人知道他們的來歷。

有兩個方法可以成為「隱爵」，一、一直隱藏自己的真正身份，就連「前度暗殺社」的幹事也不知道他們的真身。

比如在女生房間打開敘逆 USB 的「那個人」，敘依根本就不知道她的真正身份，只是隸屬於她。

第二個方法，就是……假裝死去，然後重獲一個新的身份。

當時，結央在組織的成績非常優秀，本來可以成為「隱爵」，不過她卻愛上了敘逆，在她上方的「隱爵」因為看不過眼，動了殺機。

「等等……」敘逆在思考著：「結央是熟人所殺的，但妳說的『隱爵』不會暴露身份，這樣就不叫熟人吧……」

「我也有想過這個問題，唯一可以解釋的原因是……」

敘依還未說完，敘逆瞪大了雙眼：「結央死去的那天，那個『隱爵』說出了自己的身份，結央知道她就是『隱爵』，讓結央放下了戒心！然後……」

「對，就是這樣。」敘依說：「不過，根本就不知道那個『隱爵』是誰。」

敘逆沉默下來，他的腦袋不斷地轉動。

「那些打印的對話紀錄。」敘逆突然說：「內容是結央跟譚金花的對話紀錄，兇手就是……譚金花？」

《一次又一次的誓言，一層又一層的謊言。》

第九章——兄妹 SIBLINGS〈5〉

優結央與譚金花對話內容。

優結央：「對不起，我真的沒興趣。」

譚金花：「但他拋棄了妳，破壞了妳的事業，妳不覺得要報復嗎？」

優結央：「不，我會選擇放下。」

譚金花：「妳這樣就放過妳的……前度？」

敘逆把手機拍下的對話內容遞給敘依看。

「內容根本不像結央已是組織的人，更像是什麼也不知道似的。」敘逆說。

「你還不明白嗎？」敘依反問。

「啊？！」敘逆說：「是……偽造的！」

「你試想想，為什麼你之前沒找到那疊列印出來的對話，後來卻找到了？」敘依說：「是組織做的手腳，內容當然是假的，原因就是想把所有的線索與罪名，推向……譚金花。」

敘逆呆了一樣看著她。

一直以來，「譚金花」的名字不斷出現，敘逆覺得不會是巧合，他一定跟結央的死有關，沒想到，全部都只不過是「圈套」。

組織把所有罪名都推向了她，希望敘逆向錯誤的方向調查，同時，敘依也希望敘逆發現組織，讓他放棄調查。

「結央的死，還有朱明輝的死，完全跟譚金花無關，也許，她也是……受害者。」敘依說。

「不可能！翰呢？敘翰死前是跟她一起的！」

「這又代表了什麼？」敘依的表情痛苦：「就如結央一樣，她深深愛上你，然後惹來了組織的殺身之禍。女人，就是這樣愚蠢的動物，譚金花也許真的愛上了二哥。」

敘逆不明白敘依想說什麼。

「或者，一切也是計劃。」敘依說。

「什麼意思？」敘逆問。

「鍾寶全，直至現在仍然失蹤。」

「誰是鍾寶全？」

「一個……深愛著譚金花的男人。」敘依說：「我不能100%肯定，不過如果沒估錯，他已經死去了。」

鍾寶全是誰？一個從來沒出現過的名字。

不，更正確來說，他在故事開始前已經……

一早出現了。

半年前。

柯士甸道西，一所高尚住宅內。

譚金花看著手機的訊息，瞳孔放大。

「怎樣了？這麼晚誰找妳？」睡在她身邊的鍾寶全睡眼惺忪地問。

「沒……沒有，只是小玲。」譚金花說：「她家出了點事，我要過去幫她處理。」

鍾寶全看著茶几上的鬧鐘：「凌晨三時了，妳要去她的家？」

「對，沒問題的，小玲就是個要人照顧的女生吧，你也知道的。」她吻在他的額角上。

「要我駕車送妳去嗎？」鍾寶全問。

「我自己Call車去就可以了，你明天要開會，繼續睡吧，我可能會在她家過夜。」

「好吧，有什麼就打電話給我。」鍾寶全的眼睛已經再次合上：「代我向小玲問個好……」

還未等譚金花回答，鍾寶全已經再次進入了夢鄉。

譚金花來到洗手間梳洗打扮過後，準備離開住所。

就在她離開前，她再次走進鍾寶全的睡房。

她是因為要去見另一個情人而內疚？想再看鍾寶全多一眼？

或者，是我們都想多了。

譚金花打開了一支唇膏的蓋，放在床邊的茶几之上。

唇膏噴出了透明的氣體，她快速離開，離開前，譚金花回頭看著呼呼大睡的鍾寶全。

這是她……最後一次見他。

然後，她關上了大門。

《什麼最痛？同床異夢。》

第九章——兄妹 SIBLINGS〈6〉

九肚山一所洋房對出的露天停車場。

譚金花走上了一輛全白的 Audi R8 轎跑車，向著他們的目的地出發。

不，還未可以，因為還未完成「他們」的計劃。

還未完成金敘翰的計劃。

「多等十五分鐘吧，氣體就可以讓他完全昏迷。」金敘翰看著手機上鍾寶全的相片：「真的很像我呢，我找人真的不錯！哈！」

譚金花沒有說話，靜靜地坐在金敘翰的身邊。

「別要這樣好嗎？妳知道我是為了什麼才這樣做。」金敘翰摸著她的臉頰。

「最後一次了。」譚金花說。

「沒錯！是最後一次！」

譚金花深愛著金敘翰，甚至願意為他的「理想」去跟另一個男人上床，這樣的事情，已經不是第一次發生。

當時，譚金花向著鏡中的自己說「最後一次」，就是這個意思。

當一個人深愛著另一個人，總是會跟自己說：「最後一次相信他！」

欺騙感情的人總是會說……

「我會改過，給我一次機會！」

「不會再發生，請你原諒我！」

「相信我，這是最後一次！」

無數次的「最後一次」，卻換來了「再有下一次」，最可悲的是，當事人竟然相信，真的是最後一次。

「親愛的，妳永遠是我最愛的女人。」金敘翰吻在她的手背。

十五分鐘後。

金敘翰戴上手套，從車尾箱拿出一架手推車，走向了鍾寶全的住所，當然，凌晨時份的高尚住宅區，根本不會有人，而且敘翰已經對可以拍到他活動的閉路電視做了手腳，這一小時的畫面，根本不會被錄下來。

大約過了二十分鐘，他把昏迷的鍾寶全推了出來。

「快來幫手！」敘翰把鍾寶全放在自己的 Audi R8 駕駛席上。

譚金花看著昏迷的鍾寶全，已經換上敘翰經常穿的衣服，她心中有一份痛楚的感覺。

「妳不會對這個男人留有感情吧？」敘翰用力把譚金花擁抱著：「不可以，因為妳永遠是屬於我的。」

他強吻著她。

譚金花沒有反抗，她就是喜歡這樣強勢的金敘翰。

「我已經收賣了驗屍那邊，等到早上，一切計劃就可以完成。」敘翰笑說。

譚金花點點頭。

所有事情已經很明顯了，鍾寶全，就是金敘翰的「**替死鬼**」。

被炸到支離破碎的人，根本就不是金敘翰，而是……鍾寶全。

一切一切，都是……**金敘翰的計劃**。

為什麼他要這樣做？

還記得嗎？如何才能成為「前度暗殺社」的「隱爵」？

一是隱藏自己的真正身份，而第二個方法就是……「假裝死去」，然後重獲一個新的身份。

沒錯，不分男女，任何人都可以成為組織的「隱爵」。

金敘翰……

也是「前度暗殺社」的幹事。

……

……

……

第二天早上。

帶著鴨嘴帽的譚金花，看著汽車爆炸，然後，她打出一個電話。

打給快要成為「隱爵」的金敘翰。

電話接通後，她只說了一句說話。

「**EX KILL ME，天使已死。**」

《首先是深愛，然後是傷害。》

第九章——兄妹 SIBLINGS 〈7〉

敘依看著二哥墓碑前的相片。

「妳意思是……翰還未死？！！！」敘逆簡直不可置信。

「我不能 100% 肯定，只是我的想法。」敘依說：「一直笑臉迎人的二哥，大家都以為他只是玩世不恭，其實，敘翰是一個不把目標和計劃完成，就不肯罷休的人，我們最清楚。」

對於敘翰的性格，敘逆心中有數。

「鍾寶全從那天開始失蹤，這個是很有力的證據。」敘依說：「另外讓我懷疑的，翰經常換新車見怪不怪，不過，那天在日本料理餐廳，他好像特別想告訴我們買了一台……白色的 Audi R8。」

「不可能的，我在醫院停屍間明明就見過他的屍體！」

「你可以肯定他就是翰嗎？頭顱也被燒焦炸爛。」敘依說：「哥，你真的可以肯定那具屍體就是二哥？」

「這……」敘逆沒法立即回答。

的確，當時他只是看到一副支離破碎、面容腐爛的屍體，只是因為他死在白色的 Audi R8

內，敘逆才會聯想到屍體就是自己的弟弟。

「我們三兄弟妹小時候已經決定，誰先死就把骨灰灑入海中，這是我們的約定。」敘依說：「我們也把翰的骨灰灑了，這代表了……」

「已經死無對證。」敘逆說。

「如果二哥一早已經收賣了驗屍的人員，其實，根本就不可能發現屍體的真實身份。」

敘逆在思考著。

「你在慢鏡頭修復的畫面中，看到那個戴著鴨嘴帽的女生，應該就是譚金花。」敘依說：「她可能就是向二哥報告計劃完成了。」

「黐線……黐線……嘿嘿嘿……」

金敘逆在苦笑，他知道自己的弟弟有機會還未死，心中喜悅；不過同時，敘翰跟敘依還有結央，原來一直也隱瞞著他，其實他們是「前度暗殺社」的成員，他根本就不能完全接受這個事實。

現在，他只能傻笑。

他們沉默了很久，太多的資訊讓敘逆沒法立即接受。

「那三個男生失蹤也跟『前度暗殺社』有關？」敘逆問。

「不知道，不過有可能是沒關係。」

「嘿，豨線⋯⋯我其實一直在調查什麼？」敘逆還在苦笑，笑自己的蠢，笑自己的笨。

他一直以為在調查結央的死，其實，自己才是被人耍得團團轉的人。

「大哥，別要跟這個組織對抗，也別要再調查。」敘依認真地說：「就如玩火一樣，這點我是認真的。」

「妳會有危險嗎？」敘逆反而擔心自己的妹妹。

因為現在敘依把所知的事都告訴了敘逆，敘逆擔心。

「暫時沒問題，組織仍然相信我，只要你不再有任何動作，等事件慢慢地掉淡，組織就不會找我的麻煩。」

敘依的頭依靠在敘逆的肩膊上：「哥，我覺得翰還未死，我們還有機會再見到他，我不想你有危險，別再調查結央的事好嗎？」

敘逆沒有說話。

「我想讓你知道，雖然結央一直也欺騙你，不過，她是真心愛妳的。」敘依說：「知道這個事實，不是已經足夠了嗎？」

「我知道妳讓我找尋到『前度暗殺社』是想我知難而退，我是明白的。」敘逆摸著她的頭：「現在有兩個選擇，一、繼續調查殺死結央的兇手，找出那個『隱爵』；二、從此收手，不再調查，回到本來的生活。」

那些相連上的「線索」，終於得到了答案，不過，還有很多未解開的謎底，敘逆真的會放棄嗎？

「只要你不再調查，就不會成為目標。」敘依說。

「真的是這樣嗎？」敘逆問。

敘依點頭。

敘逆看著沒有星星的天空：「為什麼人可以討厭前度到殺死對方的地步？為什麼仇恨可以這樣深？為什麼最深愛一個人，最後會變成最憎恨的一個人？」

敘依沒法回答，年紀輕輕已經成為幹事的她，的確有一份「伸張正義」的使命感。不過，她慢慢地發現，這只是……

「**扭曲了正義**」。

「為什麼我們不懂得『過去了就讓它過去』？為什麼我們沒法放下從前？為什麼……」敘逆看著依：「好吧，我已經……決定了。」

究竟，敘逆的選擇是？

……

……

你的選擇是？

《選擇放手不記過去，留住回憶只在心裡。》

第十章——隱爵

第十章──隱爵 WHO〈1〉

「前度暗殺社」是一個以亞洲為基地的神秘組織。

他們的理念就是……

「把天使殺死，讓世界變得更潔淨。」

曾經深愛過的「前度」，他們稱之為「天使」。

組織三個最高層，就如國際上市公司的 CEO 執行長、CFO 財務長、CTO 科技長一樣，她們掌握著整個「前度暗殺社」的命運。

短髮藍眼的女人叫貝．丘英桑卡，泰籍。

紅髮的中年女人叫酒井菜月，日籍。

年長白髮的女人叫閔智孝，韓國籍。

他們之下有數百位「隱爵」，分佈於亞洲不同地區，「隱爵」的英文是「WHO」，沒有人知道他們的身份，要成為「隱爵」，最重要是隱藏自己的真身。

一個世界性的集團，當中當然有不少的內鬥，其中「隱爵」會互相爭奪別人的「任務」，還會揭發對方的身份，也許，大家都想成為「隱爵」的 Top1。

最初，「前度暗殺社」的業務發展不理想，不過隨著互聯網的出現，讓他們真正成為一個極為隱密的組織。

沒有人知道大家的身份，所有事都變成了「陰謀論」，收賣別人、尋找殺手等等，在暗網中變得非常方便。

不過，他們沒有跟另外幾個世界性的機構或組織合作，比如*「殺手組織」、「假死集團」等等，因為他們不想自己的業務變得……商業化。

「隱爵」的內鬥，三個高層沒有發現？不去阻止？

她們甚至不去插手，就當是「遊戲」的一部份，而且她們根本就不怕沒有新的「隱爵」加入，除非，世界上再沒有分手與失戀。

「前度暗殺社」可以說是人才鼎盛。

最壞、最賤的前度不缺，同時，想報仇的人也不會少。

而在三個高層之上，有一個就連她們三人也沒真正見過的……創辦人。

是「他」？「她」？還是「它」？

根本就沒有人知道。

每次會議，「它」只會用一個巨型洋娃娃代表自己出席，三位高層只能聽到少女機械人的聲音。

一個人可以永遠不露面去接觸其他人？

在現今的科技絕對可以。

甚至可以偽造無限個身份與地點，讓人不可能找出「那個人」是誰、身處在何方、是男是女也沒辦法知道。

只要有錢，為所欲為。「它」就好像在玩「模擬人生」遊戲一樣，控制著每一個人。

沒錯，因為每一個人都有一個「價」。

「洋娃娃」的名字，不會出現在《福布斯》富豪榜上，「它」的身份可以是中國山區的一個村民，也可以是紐約交易所其中一位 iBanker，「它」有無數個不同的身份。

世界很有趣，在網上，我們「能夠」看到的數據，都是別人「願意」給我們看的資料，比如世界上的人口、最有錢的富豪榜、病症死亡數字等等，其實，又有誰知道，這些數字是真是假？

世界上，隱藏著太多我們沒法知道的事。

世界上，隱藏著太多我們沒法知道的……「謊言」。

你也是其中一個，相信謊言的人嗎？

是？否？

無論出現甚麼答案，「你」也只不過是世界上，人類的其中一隻棋子而已。

*「殺手組織」、「假死集團」請欣賞孤泣另一作品《殺手世界》與《愛情神秘調查組》。

《你總以為自己能知天下事，你只不過是其中一隻棋子。》

第十章——隱爵 XIO〈2〉

一星期後。

特別新聞報導。

「數日前於大帽山，一頭野狗叼著人類斷掌的事件，警方已經找到了斷掌的事主，他們於大帽山一所住宅對出的草叢，挖出了兩具身上多處刀傷的屍體，警方已查明身份分別是葛姓與韓姓男子。」

畫面一轉，來到了大帽山的現場，一個高級警員向記者敘述事件。

「我們會從謀殺方向調查，同時，我們也發現了行兇用的軍刀，在軍刀上找到衣物纖維，跟早前一宗在家割喉自殺案現場的衣物纖維吻合，我們懷疑自殺案跟這案件有關。」

大批記者在追問，其中一位：「警方已經對行兇者有頭緒？」

「我們已經鎖定了目標，詳情會容後公佈。」

「吣！」

她關上了電視機。

姜幼真關上了電視機。

警方已經發現光大中學的校工不是自殺，而是被殺，同時，警方說的鎖定目標人物，很有可能就是吳方正。

她在擔心著方正，擔心著這位從小就認識的守護天使。

此時幼真的手機響起，是她跟高斗泫與孫希善的三人群組。

「妳們有看新聞嗎？那個在家割喉自殺的人，可能就是我母校的校工！」孫希善輸入。

「葛角國的同事有聯絡我，已經證實那具屍體就是他！」高斗泫輸入。

「幼真，有沒有收到消息？那個姓韓的是不是韓志始？」希善問。

「希善，兇手會是吳方正？我們三個見面後，吳方正有聯絡過妳嗎？」斗泫問。

「我也不確定是不是他，他也沒有聯絡過我！為什麼變成這樣？！」希善說。

幼真只是看著她們發出的訊息，卻沒有回覆。

因為，她早已經知道，所有事情都是方正所為。

而且跟「前度暗殺社」無關。

「我們約出來再說吧！」斗泫輸入：「就在我們第一次見面的咖啡店。」

「沒問題！」希善輸入。

「如果兇手真的是吳方正，希善妳自己要小心，不知道他還會做出什麼事！」斗泫說。

「我會的，大家也要小心。」希善說。

「我才不需要小心呢。」幼真把手機放下，對著空氣自言自語：「肥正，你在哪裡？我很想你。」

幼真根本不在乎他們是不是吳方正所殺，她只希望知道方正的下落。

然後，她再次拿起了手機輸入：「好的，再約日子和時間。」

三個女生，都隱瞞著對方不知道的事。

高斗泫在說謊，其實一直也跟金敘逆合作，最初是她先約另外兩人出來。

孫希善在說謊，被她放棄的胎兒，其實不是吳方正的，而是那個愛情作家文漢晴。

姜幼真在說謊，他知道吳方正幫助她，才會殺死另外兩個男生。

除了她們隱瞞的事，還有……其他嗎？

或者，根本沒有一個人可以完全相信。

本來葛角國和韓志始已經得到了應有的報應，吳方正也將會被通緝，她們應該高興才對，因為……

「前度沒有好下場」。

不過，她們一點也不快樂。

當然，總是有人想自己的前度痛苦地死去，但當前度死去後，真的會大快人心？

或者，不是每個人都會這樣。

從前的回憶不會是假的，就算是痛苦的過去，也至少真的……「曾經深愛過」。

說到心坎，你也是一個絕情的人？還是，擁有惻隱之心？

《絕情的人才不會去想，自己是不是絕情的人。》

第十章——隱爵 ZERO〈3〉

凌晨時份。

「她」收到了一個電話。

「我一直在找妳！妳去了哪裡？」

「有些事要辦！」一把經過處理的女人聲說：「別以為殺死一個人那麼簡單，還有很多事要跟進的。」

她所說要殺死的人，就是……文漢晴。

加入「前度暗殺社」的方法是什麼？就是願意殺死自己的前度。

打電話的人，就是孫希善。

希善決定殺死把她的肚弄大，然後不想負責的文漢晴。

沒錯，她加入了「前度暗殺社」這個遊戲。

希善除了隱瞞孩子父親的身份，還隱瞞著自己就是提出殺死文漢晴的「前度」。

而這個聲音經過處理的女人，就是「前度暗殺社」的「隱爵」。

「這麼急找我有什麼事？」她問。

「吳方正……」

「啊！我叫過你殺死的前度，當時妳又不聽。」她說：「怎樣了？現在想把他加入殺害名單？」

「不！我沒有說殺他！」希善反應很大：「我是想問妳，他跟妳們組織有關嗎？」

希善說出了新聞報導的事。

「原來如此，應該是沒關係吧。」她說：「我早叫妳提出殺他，現在他變成殺人犯了。」

「我都說了，不要對付他！」

校工的死也許就是吳方正的所為，不過，當時的吳方正只是為了向希善表白，才會做出如此的行為。希善說不會原諒他，但至少她覺得當時的方正，是真心愛著她。

希善想起了下雪一樣的班房，她是感動的。

「不殺就不殺吧。」她說：「不過，看來那個吳方正也不是什麼善男信女呢。」

「知道是跟組織沒關係，那沒事了。」希善說。

「順帶一提，文漢晴已死，妳已經成為『前度暗殺社』的幹事，也可以把其他人拉攏入組織了。」她說。

「我會的。」

「幫你殺了文漢晴，怎麼連謝謝都不說一聲？」

希善沒有回答她。

掛線後，希善呆呆地看著那個重新安裝的寬頻盒子。

她……究竟在想什麼？

夏威夷檀香山沙灘。

一對情侶正在享受著陽光與海灘，不過，女的好像心不在焉，她是……譚金花。

男的是誰？

敘依的估計沒有錯，「他」沒有死去，正在用另一個身份從新開始他的生活。

他是……金敘翰。

現在的敘翰已經改名換姓，叫張新翰，是一個馬來西亞的華僑商人。

「親愛的，怎樣了？為什麼整個旅程都悶悶不樂？」敘翰問。

「沒……沒有，只是有一點不舒服。」譚金花微笑說。

「現在我已經當上了『隱爵』，未來可能還有很多工作，現在是放鬆心情的好機會呢。」

敘翰愉快地說。

「隱爵」有什麼工作？

就是計劃如何去殺死「前度」，如果幹事的工作是找尋想殺死前度的人，那「隱爵」就是整個計劃的策劃人。

「妳不會還在想著鍾寶全吧？」

「才沒有！」譚金花說：「我只是擔心著花店的事。」

「其實還做什麼花店呢？」敘翰把她整個人抱了過來：「我在汽車充電站賺回來的錢，夠我們過十世了！」

敘翰一早已經安排好。

「不是錢的問題，而是花店是我的興趣。」

「我以為愛我才是妳的興趣。」敘翰吻在她的唇上。

譚金花配合著他，只有這個男人的甜言蜜語，可以讓她醉倒。

「早前看新聞，那個找妳的韓志始好像被殺了。」敘翰說。

「對，不過好像跟組織沒關係。」譚金花說。

「真的是這樣嗎？」敘翰煞有介事。

當時，譚金花收到了打籃球那三個男生中，其中一個的私訊，那個人就是韓志始。以韓志始的性格，當然是想勾搭譚金花；相反地，譚金花想邀請他加入組織。不過，韓志始卻被吳方正殺了。

「你覺得有關係？」譚金花問。

「天曉得，你也知道組織一向都有不同的黨派，也許，是其他『隱爵』出手殺死韓志始也不定。」敘翰說。

此時的他們，還未知道兇手就是吳方正。

但吳方正根本就跟「前度暗殺社」一點關係也沒有。

等等……等等……

真的是這樣嗎？

《如果你願意犧牲，就不會問要犧牲到什麼程度。》

第十章——隱爵 Who〈4〉

元朗一所等待重建的舊建築物內，幾個男人正在吸毒。

這裡已經空置了一段時間，有人加建了板間房，讓無家可歸的人與露宿者在這裡生活，當中包括了……吳方正。

自從殺死了葛角國和韓志始後，他一直也躲在這裡。

他有看新聞，埋屍的地點被發現，也許他已經知道，自己不能回家。

「哥哥仔，要不要一點？便宜給你。」一個全身發臭的男人，拿著一包粉狀的物體。

「不要了。」吳方正說。

「很純的，保證你快活過神仙！」他跪了下來。

「我、說、不、要！」吳方正用一個兇惡的眼神看著他。

男人被嚇到向後爬走。

吳方正繼續看著手上的一張相片，一張已經發黃、小時候跟幼真在屋邨樓下公園拍的相片。

相片中，他們兩個臉上都掛著快樂的笑容。

「你拿著相片打飛機嗎？」另一個男人走了過來：「拿去，八十元，晏一點問你拿錢。」

他把一顆手機電池掉給吳方正。

那個男人可以說是這裡的「業主」，他會幫助在這裡生活的人買東西。躲在這裡的人有些是通緝犯，不宜外出，包括吳方正。

吳方正立即把手機換上電池，他想看看現在的情況，對他來說，偷窺就像吸毒一樣重要。

手機出現他自己家的閉路電視畫面，沒有任何的異樣。這代表警方還未找到他跟葛角國和韓志始被殺的線索？他心想。

不過，這是遲早的事而已。

警方找到的衣物纖維，首先會調查死者的家人，然後就是死者的朋友。

最好的朋友。

此時，他的手機響起。

「你手機一直都打不通？明天會安排船給你去越南，住半年就可以給你一個新的身份生活。」某個人說。

「我不走！我要留下來！」吳方正帶點憤怒。

「如果你做得乾淨一點，屍體處理得更好，根本就不用走。」某個人說：「很快警方會找上你。」

「我才不怕！」

「你怕不怕才不是問題，最重要是，我知道你深愛的人是那個……姜幼真。」

吳方正聽到她的名字後，整個人也呆住。

「如果敢動幼真一條毛，我一定會報仇！」吳方正非常氣憤。

「我又沒說什麼，只要你願意避避風頭，半年後，一切回復正常。」某個人說：「你會得到另一個身份，我們甚至可以給你錢整容。」

吳方正在思考著。

當時吳方正是為了替幼真奪回裸聊影片才殺死韓志始？

這只是其中一個原因，還有另一個原因，讓吳方正殺死韓志始這個認識多年的朋友。

這也是「隱爵」的計劃。

還記得韓尚美嗎？

那個被韓志始說是自己妹妹的女生，原來，她曾經跟韓志始一起過。分手後，韓尚美為了錢，還會跟韓志始接客。因為她的手機被盜，讓幼真知道韓志始做著「扯皮條」的工作，韓志始一氣之下，直接斷了韓尚美的「工作」。

韓尚美接觸到「前度暗殺社」，決定要殺死韓志始，而「隱爵」找到了吳方正去完成這個「任務」。

殺手當然有報酬，讓吳方正多了一個誘因殺死韓志始。

其實，吳方正一直也不喜歡這兩個比他年齡大的好友，只不過，性格古怪的他沒有說出來。友情也存在……羅生門。

「前度暗殺社」除了幹事、隱爵，還有隱爵其下的……殺手。另外，高層人員、政府官員、警方等等，他們在任何層面都有人手安排。

這個組織的勢力，已經超越了正常人可以理解的範疇。

「前度暗殺社」的勢力強大，都只因有太多人想殺死自己的前度，讓他們的「工作」……源源不絕。

《你因他而開心，卻滿身是傷痕。》

第十章——隱爵 WHO〈5〉

大埔長青安老院。

知道葛角國遇害後，高斗泫來到了安老院。她在不久前，終於找到了葛角國年老的媽媽。

婆婆被帶到長青安老院入住。

「護士兵！妳來了！」婆婆有點神志不清。

「對，我來了。」斗泫跟她微笑。

她不忍心告訴婆婆葛角國已死，她只是來安老院了解一下之後婆婆的安排，當然，她想探望一下可憐的婆婆。

「國仔呢？是不是又在偷懶！日本兵快殺到了！」婆婆神情緊張。

「他……已經去了很遠的地方出征。」

「是嗎？那希望國仔快點回來吧！」

斗泫在切著蘋果，繼續跟婆婆聊天，雖然根本就牛頭不搭馬嘴，不過，她反而很喜歡跟婆婆聊天，就好像暫時離開可怕的現實世界一樣。

走入了一個幻想的世界。

突然！

婆婆捉住了斗泫的手臂，她呆了一呆。

「秘密！有個秘密基地！」婆婆非常緊張。

「我知，是秘密基地！就在安老院吧！」斗泫配合她。

「不！不是在安老院，在我家的廚房！」婆婆捉住她的手：「國仔不讓我進去的！不過我偷偷看過了，很多秘密！秘密呀！」

「婆婆真叻，知道很多秘密。」斗泫微笑。

婆婆突然放開她的手，憤怒地說：「妳根本不相信我！妳跟那個姜幼真都是壞的護士兵！壞女人！」

斗泫呆了一樣看著婆婆。

為什麼……

為什麼婆婆會說出姜幼真的名字？她怎可能認識姜幼真？！

「壞女人！壞女人！死壞女人！」

婆婆愈來愈激動，安老院的護理員見狀，走過來將婆婆制伏，場面一片混亂！

「壞女人！全都是壞女人！」

斗泫腦袋一片空白，只出現了姜幼真的樣子！

婆婆不可能認識幼真，如果要說，更大可能是……葛角國認識她，他們是什麼關係？！

斗泫從手袋中拿出一把鎖匙，是婆婆單位的門匙。

或者，就算婆婆穩定下來也好，她也問不出什麼答案，現在只有一個方法，就是……

去看看婆婆所說的「秘密基地」！

擺花街日式雪糕店。

「先生，是不是要士多啤梨脆皮雪糕？」幼真問。

那個男生呆了一樣看著幼真。

「先生？」

「對！要蘋果新地⋯⋯」男生說。

雪糕店同事黃若婷看到男生又被幼真迷住，立即走過來：「好的！士多啤梨脆皮雪糕！很快就有！」

男生才驚醒過來，尷尬地走回自己的座位上。

「唉，幼真不如妳戴面具上班吧，這樣就不用每天都遇到麻煩的客人。」黃若婷笑說。

「妳又知道我不是一直戴著面具？」幼真輕聲地說。

「妳說什麼？」

「沒有！沒事！」幼真微笑。

「妳跟韓志始分手後，他真的沒有找妳了？」黃若婷問。

「沒⋯⋯沒有了。」幼真說。

新聞有說是韓姓的男性屍體，不過，黃若婷也沒有想到就是韓志始。

「追妳的人排到街尾，才不怕沒有男朋友呢。」黃若婷用身體碰碰她：「比如那晚跟妳拖手的那個男生⋯⋯」

幼真看著她：「妳⋯⋯看到了？」

黃若婷後來知道，當時幼真已經跟韓志始分手，她也不怕跟幼真說出自己當日看到幼真與吳方正拖手。

「是不是新男朋友？嘻嘻！帶他來吧！今晚我們就可以兩對情侶一起吃飯！」黃若婷說。她們今晚約好了一起吃晚飯。

「知道了，中午下班後有事要做，晚上來會回來跟妳吃飯。」幼真說。

「當然沒問題！去見新男朋友吧！」

幼真沒有回答她，只是跟她微笑。

此時，正好一個英俊的男生走到收銀枱前。

他就是……姜爵霆。

「霆霆！」黃若婷高興地說。

姜爵霆看到幼真，也像剛才那個男生一樣眼定定的，不同的是，因為調查的關係，他已經知道幼真的身份。

「我來介紹，她是我經常提起最好的朋友，姜幼真！」黃若婷笑說：「而他是我的男朋友，姜爵霆！直巧，你們都是姓姜的！」

幼真跟爵霆點頭。

爵霆也對她微笑。

《別人一雙一對，你在默默心碎。》

第十章——隱爵 Who〈6〉

銅鑼灣酒吧。

斗泫約了敘逆來到這裡，坐回同一張桌子。酒吧今天很冷清，只有他們兩個人。

斗泫把婆婆說出幼真全名的事告訴了敘逆，希望他能一起去婆婆從前住的單位。

敘逆喝了一口酒：「其實……我不想再調查下去。」

「為什麼？」

敘逆苦笑：「因為我只想身邊的人安全，不想再查下去了。」

斗泫看著敘逆的表情帶上一點痛苦，她感覺到敘逆根本就不想放棄，不過，就因為要保護身邊的人，選擇了不去調查。

「總有人明白你放棄的原因，不過，沒有人明白你心中的痛苦。」斗泫也舉起了酒杯。

敘逆看著她。

唯一可以互相看到對方痛苦的人，就只有對方。

「真相是很痛苦，不過，我覺得比知道真相更痛苦的，是永遠不知道答案，然後用一世時間後悔。」斗泫說。

斗泫沒有放棄調查葛角國的事，她不想一世後悔，但敘逆已經放棄追查結央死亡的真相。

「嘿，我好像被妳動搖了。」敘逆苦笑：「我可以……相信妳嗎？」

「當然！」斗泫微笑：「我是你最熟悉的陌生人。」

敘逆把所有的事都告訴了斗泫，當說到結央原來也是「前度暗殺社」的人時，敘逆雙眼泛起了淚光。

「這就是我不想再追查下去的原因。」敘逆說：「我的妹妹，可能會有危險。」

「同時，也是你不想放棄的原因。」斗泫說。

「或者是吧。」

「但我聽你說，葛角國與韓志始的死，未必跟『前度暗殺社』有關。」斗泫說：「會不會是吳方正所為？」

「我也有想過這個問題，不過，我已經很久沒聯絡上吳方正。」敘逆說。

「姜幼真被拍到跟吳方正在雪糕店外拖手，即是姜幼真跟他有關係，而婆婆又說出了姜幼真的名字……」斗泫嘗試組織已知的線索。

「還有一點我很在意，姜幼真曾教過吳方正在壁報板上寫出『15537393』這組數字，就是代表了9月15日孫希善的生日日期。」敘逆說：「這組數字是以太坊區塊高度完成合併，正式轉向PoS的最後一個高度……」

「以……以太坊？」斗泫完全不明白他說什麼，出現了問號的表情。

「就是了，這是加密貨幣的知識，普通人根本不會明白，就如妳。」敘逆說：「一個雪糕店的職員，怎會知道這些專業的數字？」

斗泫沒有說話，臉上掛著笑容看著敘逆，這個「有意思」的微笑，讓她看起來很美。

「怎樣了？嘿。」敘逆也笑了。

「你根本就沒有想過放棄，不是嗎？」

「對，不過……」

「現在我只是想你跟我一起去調查婆婆的家，又不是要你去調查那個組織，可能根本跟那個組織沒有任何關係。」斗泫說：「好吧，我一個人去有什麼危險，就怪你了。」

「嘿嘿嘿……」敘逆搖頭苦笑：「妳這個陌生人真的是，好吧，被美女邀請，我再拒絕也很難為呢。」

「現在出發？」斗泫跟他單單眼。

「還等什麼？」

終於，斗泫說服了敘逆，陪同她去到自己住所樓上，葛角國和婆婆曾住過的單位。

他們離真相……愈來愈接近。

《有人知道你放棄的原因，沒人明白你心中的痛苦。》

第十一章——某個人

第十一章——某個人 SOMEONE〈1〉

晚上，敘逆與斗泫來到了婆婆的單位門前。

自從婆婆被送到安老院後，單位一直空置。斗泫用葛角國給她的鎖匙打開木門，一陣寒風吹起。

斗泫打開了燈：「看來沒有什麼改變。」

她的臉上流露著幾分的悲傷，畢竟這裡曾給她不少回憶，傢俱和用品還在，不過人去樓空。

「那裡就是廚房？」敘逆指著左手邊。

斗泫點頭。

他們一起走進廚房，廚房也是老舊式的，放滿了雜物，看起來沒有什麼特別。

「秘密基地是指什麼意思呢？」敘逆托著腮在思考：「我們四處找找吧。」

「好。」

二人大約用了十五分鐘在廚房找了一遍，卻沒什麼發現，沒有什麼暗門，也沒有秘密地道之類，就是一個普通的廚房。

「會不會其實是婆婆亂說呢？」斗泫跟敘逆坐到地上休息：「是我多疑了？」

「但她的確說出了姜幼真的名字。」敘逆說：「我們再找找整個單位，如何？」

斗泫點頭。

「是妳叫我來的。」敘逆笑說，然後把斗泫拉起：「別要這麼快就放棄。」

「我才沒有放棄啊。」斗泫說：「我們再找找。」

他們再次在單位尋找婆婆說的「秘密基地」，單位不大，不過雜物很多，他們合力搬開衣櫃、書桌等等，又拍打牆壁看看有沒有暗門。

敘逆不小心把椅子推跌在地上，斗泫給他一個安靜的手勢。

「別要這麼大聲，不然會吵醒樓下的思儀！」

「我知道。」

雖然，斗泫知道陳思儀跟葛角國都在欺騙她，不過，她還未決定何時搬走。

大約又過了二十分鐘，還是沒有任何發現。

「甚麼也沒有，秘密基地可能是假的。」斗泫坐到沙發上說：「還是等我跟姜幼真見面時，套她的說話吧。」

敘逆坐在她身邊思考著，沒有回答她。

「你想到了什麼？」

「婆婆精神的確有問題，不過，她又會突然正常跟妳對話，比如當時跟妳說她吃的藥有問題。」敘逆看著她：「這次，她會不會像當時一樣，她的說話是真的？」

「我沒你這樣有毅力。」斗泫看著單位有點失望：「我覺得應該是我多疑了。」

此時，敘逆突然跪在地上，斗泫覺得莫名其妙。

「怎樣了？」她問。

「婆婆是說……『我偷偷看過』，而不是『我入過』秘密基地？對嗎？」

「對，她是這樣說的，『偷偷看過』。」

敘逆用手敲敲地板。

「別要敲了，樓下很應聲的，下面單位會聽得很清楚！」斗泫想起了從前不能入睡的情況。

「波子聲……拉櫈聲……」敘逆沿著地板一直敲：「妳說過，當時葛角國跟你解釋是婆婆坐在輪椅上四處走而發出古怪聲音……但這樣也不會出現拉櫈聲吧？」

「的確是！」斗泫恍然大悟：「這樣說……」

「什麼跟鬼怪有關都是假的，同時……」敘逆抬起頭看著她：「說什麼輪椅發出古怪聲音也是假的！」

此時，敘逆爬到了廚房，敲打其中一塊地磚……

傳來了不同的聲音。

《我喜歡重遊舊地，不代表還喜歡你。》

第十一章——某個人 SOMEONE〈2〉

地磚上有一個細小的孔，敘逆從孔中看到微弱的光，還有……

「下面！婆婆偷偷看的秘密基地，就在上下樓層中間的空間！」

那時斗泫聽到的怪聲，不是婆婆的輪椅發出的，而是從樓層中間的空間！唐樓的單位一早已經被改建！

敘逆把地磚向上推，然後又往下推，沒有任何反應。

「我們要怎樣下去？」斗泫問：「單位有其他的門？」

「不，不是在單位內！」敘逆立即站了起來：「這單位的旁邊是另一個單位？還是……」

「不是，是……垃圾房！」

敘逆立即走出了單位，來到了垃圾房，然後他們從婆婆單位與垃圾房之間的牆壁，發現了一個像垃圾槽的暗門。

「應該……就是在這裡了。」敘逆說。

「我們進去看看吧！」斗泫說。

他們打開了暗門，爬入內部，來到一個只有半個人高度的空間，微光就在這裡發出！

「這裡就是……秘密基地？！」斗泫問。

「應該就是了！」敘逆打開了燈掣。

在他們面前，出現了不同的電腦螢光幕，空間的高度不高，讓一個人坐下來使用電腦還是可以的。

斗泫非常驚訝：「當時的角國在這裡做什麼？！」

在房間的牆上，噴上了一行文字塗鴉……

「斗泫……」敘逆看著牆壁說：「看來我們不只是調查婆婆的說話那麼簡單……」

敘逆本來已經決定了不再調查，卻沒想到，最後他又再一次回來了……

牆壁上的那句文字是……

「**EX KILL ME，天使已死**。」

另一邊廂。

婆婆住的安老院。

「長官，我帶妳去玩。」她說。

一個女生把婆婆的輪椅推到一個沒人的小花園。雖然叫作小花園，其實雜草叢生，看得出已經很久沒人來打理。

「我們要打到日本兵！打到日本兵！」婆婆胡言亂語。

女生跪了下來，撫摸著婆婆的白髮：「好，我們一起打到日本兵。」

「妳……妳是誰？」婆婆流下了口水。

「就是妳最愛的護士兵。」女生說。

她戴上了CAP帽，再用衛衣兜帽遮著半邊臉，婆婆沒法清楚地看到她的樣子。

「來吧，我給妳打營養劑，這樣就有力氣對抗日本兵了。」她說。

「會痛嗎？」

「不會，很舒服的。」

女生拿出一支針，然後在婆婆手臂上注射。

藥力很快發作，婆婆突然全身抽搐，整架輪椅也在震動！

不久，婆婆已經沒法說話，口吐白泡！

「謝謝妳一直以來的幫忙，你現在可以去見妳的國仔了。」

「……」

不知是迴光返照，還是怎的，婆婆突然清醒，她轉頭看著那個女生……

她終於看清楚她的面容！

婆婆表情驚慌，瞳孔放大，就像見到女鬼一樣！

「沒事的，很快就好。」她說。

婆婆整個人在抽搐，相信，在她的人生之中最恐懼的一次，不是面對日本兵，而是現在見到這個……「她」！

她是誰？她就是那個在婆婆口中所說的……壞護士兵。

婆婆用最後一口氣說出了她的名字……

……

…

「姜……幼……」

《或者已經時日無多，慶幸終於不再痛楚。》

第十一章——某個人 SOMEONE〈3〉

晚上，雪糕店已經打烊。

不過，姜爵霆和黃若婷還在雪糕店，而且準備了打甂爐的用具及食材。

「這樣真的好嗎？」爵霆看著那個打甂爐用的電磁爐。

「沒問題！嘻！在雪糕店打甂爐簡直就是夢幻組合！」黃若婷看看手錶：「怎麼幼真還未回來？」

他們約好了今晚在雪糕店共進晚餐，不過幼真還未回來。

此時，雪糕店門打開，是幼真。

「外面真的很冷。」她脫下了頸巾：「雪糕店更溫暖啊。」

「幼真！」黃若婷高興地說：「我們已經準備好！可以開始打、甂、爐！」

「這個鬼主意只有妳才可以想到，嘻。」幼真笑說。

「多謝讚賞！」

幼真看到了爵霆，跟他點頭微笑。

「妳好，先坐下來吧。」爵霆笑說：「已經下了一些食材，很快就可以吃了。」

「好的！」

他們三人開始了在雪糕店打甂爐這個「壯舉」，一面吃一面聊天。

「幼真，妳教我買的比特幣，又大升了！」黃若婷非常高興。

「妳們也有玩加密貨幣？」爵霆隨口一問。

「對，只是小小的投資而已。」幼真笑說：「我有讀過基本知識，很喜歡去中心化的概念。」

他們又在愉快地討論著。

「太好了，兩位美男美女陪我吃東西，我真的很幸福啊！」黃若婷感動得差點流淚。

「妳這樣說我很尷尬呢。」幼真笑說。

「不是嗎？美男是我的男朋友，美女是我最好的姊妹，我不是很幸福嗎？」黃若婷高興得把酒喝光。

「妳別喝太多。」爵霆溫柔地說。

「知道！親愛的。」

當然，說不喝太多的大都喝得更多，黃若婷一直在喝酒，開始出現醉意。

「對啊，你們兩個都姓姜，爵霆你比較大吧？就像是兄妹一樣，哈哈！」黃若婷醉醺醺地說。

「你今年多大？」幼真問。

「二十四歲。」爵霆說：「比你大兩年吧。」

「你怎知道的？」幼真覺得奇怪。

「啊……」爵霆知道自己說漏了口：「因為婷婷有跟我說過。」

此時，他們看著黃若婷，她已經伏在桌上睡著了，爵霆把自己的外套披在她的身上。

「嘿，我就是喜歡她這樣的性格。」爵霆笑說：「很可愛呢。」

「其實，我想認真的跟你說。」

此時，幼真樣子突然變得嚴肅起來，爵霆也有點愕然。

「婷婷是我最好的朋友，請你別要當是遊戲，要認認真真的對她。」幼真說。

一個美男子，誰也想不到會愛上平庸的黃若婷，就因為這樣，幼真才會這樣說。

「當然！」爵霆說：「我是真心的，而且我很喜歡寵愛小動物的女孩。」

「那就好了。」幼真微笑：「別要說謊啊！」

「不會不會！不然，我怕婷婷會找人來殺了我，哈哈！」爵霆又酒後多話了。

「找人殺了你？」幼真呆了一樣看著他。

幸好，此時爵霆的手機響起。

「我先聽聽電話。」爵霆尷尬地說。

打來的人，是敘逆。

「我已經下班啊！」爵霆指著電話，用口形跟幼真說：「我老闆！」

然後敘逆說出了在婆婆的家發現的空間，還有……姜幼真的事。

爵霆呆了一樣看著對坐的幼真。

「我知道了……沒問題，我立即回來。」爵霆對著手機說。

幼真看著爵霆的表情，她臉上也出現了疑問的表情。

爵霆眼前看到的……

是一個美麗又可愛的女生。

同時也是一個……

把最恐怖的本性隱藏得毫無破綻的女生！

《帶著假面具，心中想著誰？》

第十一章——某個人SOMEONE〈4〉

凌晨，金敘逆的辦公室。

敘逆已經找了駭客破解在秘密基地內電腦的Hard Disk，所有資料終於曝光。

所有的「真相」終於曝光。

葛角國除了在加密貨幣公司工作，他還知道「前度暗殺社」的存在，而且他一直也在調查，就如敘逆早前所說，「還有其他人正在調查」，他的確沒有猜錯。

從葛角國的Hard Disk中，發現了不同「前度」死亡的資料，而把資料交給他的人，就是其中一個「隱爵」……

姜幼真。

他們一早已經認識，而且一直在合作。

資料中提及，優結央死亡的真相。

姜幼真是由優結央介紹而加入「前度暗殺社」，所以一直也關係很好。因為有關組織的事，「隱爵」都會保密，所以優結央從來也沒跟敘逆提過姜幼真這個人。

當日，姜幼真來到優結央的家，找藉口問優結央借衣服參加宴會，姜幼真知道優結央每一季都會拿衣服出露台晾曬，優結央走到露台拿衣服，然後，姜幼真把她推下樓。

殺死優結央的真正兇手……就是姜幼真！

優結央根本不會想到，自己一手把她帶入組織的可愛女生，會親手殺死自己！

為什麼幼真要殺優結央？

不是說過嗎？「前度暗殺社」的內訌非常嚴重。

只要殺死「隱爵」，成員就會充滿成功感。

不過，更可怕的是，姜幼真扭曲的性格。從她加入組織開始，已經想著要殺死帶她加入的優結央。

她的性格甚至影響了吳方正，讓他成為了殺人兇手。

姜幼真脆弱的外表，根本就不會有人覺得，她是一頭可怕的惡魔！

葛角國一直跟姜幼真聯絡，甚至是她教葛角國如何給婆婆吃慢性毒藥，然後騙取保險金。

姜幼真曾經到過婆婆的家，在神志不清的婆婆面前，她沒有掩飾本性去恐嚇婆婆，婆婆才會叫她「壞的護士兵」。

當然，葛角國不知道，原來自己一直隱藏的「秘密基地」，會被婆婆發現，最後讓敘逆知道了他跟姜幼真的關係。

敘逆與斗泫回憶起那天在咖啡店跟姜幼真見面，本來以為是他們竊聽，調查事件的來龍去脈，誰也不會知道……

他們只不過被姜幼真玩弄於股掌之中！

所有都是姜幼真的計劃！

她甚至利用了吳方正，殺死知道她身份的葛角國，而殺死韓志始拿回影片只是藉口，真正原因，就是想殺死知道她身份的葛角國。

她已經一早安排好。

而且她還不放心，再次用「隱爵」的身份，去讓吳方正去殺人，雙重保障。

那個跟吳方正在手機對話的人，就是她！

什麼識於微時、兩小無猜的關係，對於姜幼真來說，只不過是用來利用吳方正的手段！

有關姜幼真與吳方正的事，葛角國當然沒法記錄下來，因為當時的他已經……死了。

……

……

…

辦公室內。

敘逆、斗泫、爵霆，還有敘依都在，敘逆已經把所有知道的事情都告訴了他們。

「我剛才跟姜幼真吃飯，完全感覺不到她是這樣的一個人！」爵霆說：「還好，她不知道我的真正身份。」

「可能她已經知道，只要你跟黃若婷分手，變成前度，你就會立即成為目標。」敘依說。

「不……不會吧……」爵霆說：「等等，這次我是真心喜歡婷婷的，不會……」

斗泫碰碰爵霆的手臂，叫他別要再說，然後，他們一起看著在沉思的敘逆。

敘逆終於知道殺死結央的人就是姜幼真，他會怎樣做？

「依，現在不會被竊聽？」敘逆問。

「沒有，我換了另一部電話。」敘依說：「我們知道得愈多，愈要小心。」

早前敘依才叫自己的大哥不要追查下去，不過，就連她也沒想到會發展到現在的境地，敘依知道，已經不可能叫敘逆收手。

「我在想……」敘逆說：「要妳去拿 USB 的人，會不會……是同一個人？」

《不知者不罪，一知道心碎。》

第十一章——某個人 SOMEONE〈5〉

「你是指幼真就是我對上的『隱爵』？」敘依反問。

「對，如果她一直也知道我們在調查事件，甚至在那天咖啡店已經知道，我應該一早已經被她看上了。」敘逆說。

敘依搖頭：「根本就不會有人知道那個『隱爵』的身份，我甚至不知道一直跟我聯絡的人，是不是她。」

「我覺得殺死葛角國與韓志始背後的人，也是她。」斗泫說：「因為葛角國知道她的身份。」

「那吳方正呢？也被她殺死？還是被她利用？」敘依問。

「有一個不合理的地方，假設，姜幼真與吳方正關係很好，幼真不會不知道我說『吳方正有前度暗殺社的證據』是假的，根本就不需要叫妳去碼頭拿 USB。」

「的確是，幼真應該會知道是假的，然後，我也不會中了你的計。」敘依同意：「不過，就算我們現在有證據交給警方也沒用，他們可以收買警方然後毀屍滅跡。」

「那個姜幼真這麼恐怖，婷婷在她的身邊會不會有危險？」爵霆擔心。

「我覺得你才有危險。」敘依說：「記得，什麼也別要跟黃若婷說。」

「我知道的，不過，之後要怎樣做？」爵霆問。

「後天我跟她和孫希善再次見面。」斗泫說：「到時可以找出更多的證據。」

「這樣有危險。」敘依說。

「對！姜幼真的外表跟內心完全是兩個人！」爵霆說：「簡直心寒！」

大家也看著敘逆，等待他表態，他還在沉思著。

「哥……」敘依把手疊在他的手背上。

他才回神過來：「去吧，我們一起把她那個假面具拆下來！」

還以為敘逆會反對，沒想到他支持斗泫的做法。

究竟，他在想什麼？

他們準備好後天見面的事後，敘逆先後送他們回家，最後一程是送斗泫回去。

「我會想辦法讓姜幼真承認，一直以來所做的事。」斗泫說。

「斗泫。」敘逆看前方的馬路：「其實妳不用冒險，妳只是想知道葛角國的死因，現在大概也知道是姜幼真的所為……」

斗泫看著他。

對於斗泫來說，姜幼真殺死了一個她已經不愛的前度，但對於敘逆來說，姜幼真是殺死了敘逆一生的最愛，兩者完全不同，斗泫是知道的。

「不，我也覺得很生氣，被她耍得圈圈轉。」斗泫笑說：「我也很想看到，當她知道我們已經找到她殺人的證據時，她那張假面具，會變成怎樣的表情。」

「嘿，就是為了這個原因？」敘逆把車轉入左線。

「還有……」

「是什麼？」

「我想幫助你。」

「為什麼？」

「我也不知道，不過由我在舞會第一次見到你，我總覺得我們很早已經見過面。」斗泫說。

「當時妳的第一個感覺不是很討厭我這個醉漢嗎？」

「不只是這樣，我覺得……我是認識你的。」

「一個大叔聽到一位美女跟自己這樣說，會很高興。」敘逆傻傻地笑著。

「你才不是大叔呢，至少我不覺得。」斗泫說。

對一個從小已經失去父親的女生來說，成熟的男人更吸引她。

很快已經來到了斗泫家樓下。

「好吧，我會做好後天的準備。」斗泫說。

「放心，我會看著妳。」敘逆說。

然後敘逆在斗泫的臉頰輕吻了一下。是出於禮貌？還是有其他意思？也許，只有他自己知道。

敘逆送完斗泫回家後，他沒有回家，來到一個可以讓他放鬆的地方……優結央生前所住的單位。

他沒有開燈，坐到沙發上，聽著優結央最喜歡的古典音樂，淺酌美酒。

「嘿，如果妳還在，我們應該一起在看電影。」敘逆看著露台外天空的月光。

月光照入了單位內，在他手上的「東西」反射出光線。

他手上的手槍，反射出光線。

《前事不計，結束一切。》

第十一章——某個人SOMEONE〈6〉

美國夏威夷。

金敘翰與譚金花這對情侶，過著愉快的假期。

過著無人之境的「旅程」。

這幾天，他們來到一個無人小島上，住在草屋，享受著陽光與海灘。

那邊的月光正圓，這邊陽光普照，不過，因為海風的關係，一點也不覺得熱。

陽光照進草屋內，照著敘翰的側面，不過，明明只是柔和的陽光，他卻滿身大汗，還有……

滿身鮮血。

他雙手被反綁，雙腳腳筋已經被斬斷，腹部流出大量的鮮血，敘翰坐在自己的血泊之中。

「為……為什麼？」

「沒什麼，我只是殺死一個根本已經死了的人。」

「怎……怎可能？！」

她拿著刀走向了敘翰，憤怒地一手捉住他的頭髮！

「你問『怎可能』？你知道你一直是怎樣對我嗎？你說你愛我？我跟其他男人上床時，你有感覺到痛苦嗎？有感覺到內疚嗎？！」她咬牙切齒地說：「你知道嗎？我等這個機會有多久？現在，終於來臨了！」

「妳……」

「我跟你說，當你死後，事情會變成我倆一起失蹤，然後我隱藏著身份，真正成為你夢寐以求的『隱爵』！你這個賤男下地獄吧！像豬一樣蠢的賤男人！」

沒錯，說出這麼狠毒說話的人，就是……**譚、金、花**！

不只敘翰想成為「隱爵」，譚金花更是忍辱負重，然後黃雀在後！她比敘翰更深謀遠慮，甚至來這個無人島的安排，也是由她提出！

一下清脆的割喉聲音，敘翰已經不能再說話，他只能口吐鮮血！

譚金花像完成了重要任務一樣，全身也軟下來。她把刀掉在地上，自己躺在睡床上，床舖染上了鮮血，只穿著內褲的她反身躺著，露出雪白的美腿，就像一幅唯美的油畫。

「終於……完成了。」她在輕聲說。

此時，手機震動。

手機上出現了「姜幼真」的名字。

「怎樣了？」電話裡的人問。

「就像做完愛一樣累，同時……一樣爽，嘿嘿。」譚金花說。

「之後會有人來處理屍體的了。」

「真好，我再也不想見到這個渣男。」

「直接火葬吧。」

「不，我要他死得有用一點。」譚金花轉身，看著草屋屋頂：「不如就切成肉塊，拿去餵島上的動物不是更好？」

「嘻！你喜歡吧，島上的土著全都會聽你差遣，有錢給他們就可以了。」

「妳呢？妳那邊如何？」譚金花問。

「一切順利，明天就是戲肉了，妳之後會拍相片給我嗎？」她問。

「當然會啊！」譚金花笑說：「很快，我們就是組織最厲害的兩個『隱爵』！」

所有人，都被「**她們**」欺騙。

包括了……「**您**」？

《在死亡的剎那，才明白人性的可怕。》

第十一章——某個人 SOMEONE〈7〉

荃灣南豐紗廠。

同一樣下午、同一個場景、同樣的人腳，甚至是同一杯飲品，只有聖誕的背景音樂改變了。

高斗泫、孫希善、姜幼真再次相約在這裡見面。

今天咖啡店包場，沒有其他客人。

金敘逆依然扮演咖啡店的老闆，或者，大家都心裡有數。不過，沒有人會在此時揭穿一切，也許，「遊戲」最好玩的，就是這樣。

「妳們最近好嗎？」斗泫沒有畏懼與不協調的地方，她看著她們二人。

「還是老樣子，只是看了那天的新聞後，總是覺得很突然。」希善說。

「我繼續在雪糕店工作，沒什麼特別事發生。」幼真看著希善的頭髮：「妳染了新顏色？」

「對，就當是轉一轉心情。」

希善本來的粉紅色髮色，換成了粉藍色，樣子變得更蒼白，卻有一種病態美。

寒暄了一會後，很快已經進入了正題。

「葛角國和韓志始的死，妳們覺得是不是跟吳方正有關？」斗泫問：「希善，吳方正有沒有再跟妳聯絡？」

「沒有，到現在也沒有。」希善玩弄著攪拌匙：「新聞說，兇手跟一宗在家割喉自殺案有關，我想到了校工張伯，也許……」

「有沒有警方聯絡妳？」斗泫問。

「沒有，我們只是光大中學的舊生，就算要調查也不會找上我吧。」希善說。

斗泫留意著幼真的反應。

「妳們有沒有聽過……『前度暗殺社』？」斗泫突然問。

她們兩人都出現了愕然的表情。

「這……這是什麼？」希善問。

「是不是新的電影？」幼真問。

「不，這個組織真的存在。」斗泫說：「我們認識的人中，有一個是那個組織的成員，她是……譚金花。」

兩個人也呆了半秒。

「是……是她？！」希善說：「我的確有加她的 IG，不過不是太熟！」

「我也是，她也算是公眾人物吧，我也有加她，不過不是太熟絡。」幼真說。

斗泫看著幼真：「好了，不用再隱瞞了，我已經知道真相。」

「妳說什麼真相？」幼真感覺到疑惑。

然後，她拿出一張相片，是她跟吳方正牽手的相片。

「為什麼會這樣？！」希善非常驚訝。

「妳一早已經認識吳方正。」斗泫說：「是妳叫吳方正殺死葛角國和韓志始的嗎？」

「妳……妳在說什麼？我怎會……」

「還有優結央，都是妳殺死的嗎？」斗泫說：「妳一直扮成乖乖女，其實內心非常邪惡！妳就是『前度暗殺社』的其中一個……『隱爵』！」

「我完全不知道妳想說什麼！我想去洗手間！」

就在此時，敘逆走了過來，放下了一個曲奇餅碟子，碟上除了曲奇餅，還有……一把手槍！

三個女生也非常驚慌，包括了斗泫，敘逆沒跟她說過會帶上手槍！

「別要走，坐下來。」敘逆雙眼出現了紅筋，明顯昨晚沒有好好睡過。

「逆！」斗泫叫著他的名字。

「究竟發生什麼事？！」希善非常驚慌。

「不關妳的事。」敘逆回答，但他的視線沒有離開過姜幼真：「我來問妳，優結央是不是妳殺的？」

「我完全不認識一個叫優結央的人！我根本不知你們在說什麼！」幼真快要流下淚水。

「楚楚可憐啊，妳一定迷到很多男人吧，那些人甚至願意為妳去殺人。」敘逆冷冷地說：「妳不只認識吳方正，妳甚至認識葛角國。」

幼真繼續用「我不知道你說什麼」的表情，看著敘逆。

「揭穿妳真面目的人，竟然是婆婆，妳有想過嗎？真的是天有眼！」敘逆沒法壓制自己的情緒：「結央被妳所殺，一命換一命，妳覺得如何？」

一直以來，被當成傻瓜一樣耍，敘逆……拿起了手槍。

《如果真的是天有眼，世事就不會這麼荒誕。》

第十一章——某個人 SOMEONE〈8〉

「敘逆別要亂來！」斗泫叫著。

「妳知道嗎？我這一年，腦海中只想找出結央死亡的真相，然後替她報仇。」敘逆冷冷地說：「妳知道她對我有多重要嗎？妳為了在組織爭名奪利就把她殺死？妳有想過其他人的感受嗎？」

「逆大哥！」爵霆也走了過來：「別要這樣！這樣你要坐監！」

「坐監嗎？也許食宿也不錯，嘿。」

斗泫與爵霆也沒想到，敘逆一直也承受著極大的痛苦，內心的痛苦甚至可以讓他去殺人。

「我只想親口聽妳說一次，是不是妳殺死結央？」敘逆的手槍指著幼真。

幼真流下了眼淚，她不知道要怎麼回答。

「快說吧！」

敘逆其實已經調查到真相，不過，他內心還是想幼真親口承認。

他失去了冷靜？

才不，在曲奇餅的碟子下，他已經放著一個偷聽器，他要把幼真的說話全部錄下來！

或者，只有用槍威脅她，幼真才會說真話。

故事的發展會像電影一樣嗎？兇手被發現後，會把他的所作所為通通說出來？

兇手會良心發現，然後承認自己的錯？最後認罪，再跟受害者的家人道歉？

不，這不是電影，而是……**真實的世界**。

「我說過了！我不知道你在說什麼！」幼真大喊：「我不認識一個叫優結央的人！而且沒有殺過人！」

「妳……」敘逆不知道還可以說什麼。

他以為可以用槍威嚇她，然後幼真會承認所有罪行……

看來她真的不怕死。

「媽的……」

敘逆放下了手槍。

「逆大哥，把槍給我！」爵霆說。

此時，敘逆的手機響起。

是特別的鈴聲，只有那個人致電或發訊息，才會出現的鈴聲。

發訊息來的人是……他的親生弟弟，金敘翰！

敘逆拿出手機看著相片。

相片中，敘翰坐在血泊之中，有不同的角度，還有一張是屍體被劈去手腳，死狀非常恐怖！

其中一張，赤裸的身體胸前有一個胎記，敘逆不可能不知道，他就是自己的弟弟金敘翰！

在相片最後，出現了一句文字。

「**EX KILL ME，天使已死**。」

「妳們對翰做了什麼！做了什麼？！」

本來冷靜的敘逆變得激動，手槍再次指向幼真！

看著自己弟弟慘死的相片，敘逆的腦海中，出現了真正的殺人念頭！

「我……不知道……」幼真不斷搖頭。

聽著不只一次的重複說話，敘逆已經沒法忍受，他……

準備開槍！

他要親手殺死這個害死自己一生最愛的女人和最好兄弟的人！

「不要！」斗泫大叫。

全場人也呆了一樣看著整件事發生，已經沒有人可以阻止敘逆殺死姜幼真！

「砰！」

一下槍聲，響遍整個南豐紗廠，有些人從其他商店，走出來看發生了什麼事！

血水從身體流下……

子彈打進了咖啡店的地上……

敘逆沒有打中只在他兩尺範圍的幼真，她完好無缺。

那血水是誰的？

就在千鈞一髮，一直躲在暗角的人走出來，他手上的軍刀已經深深地插進了敘逆的胸口！

「沒有人可以傷害幼真！沒有人！我會一直保護她！」

他是……吳方正！

《總有讓人沒法承受的痛，大多源於沒法放下的愛。》

第十一章——某個人 SOMEONE〈9〉

死亡，是什麼感覺？

痛苦？

無奈？

不想離開？

不想失去？

沒有真正的答案，除非，那個死了的人再次復活告訴大家。

不過，可以肯定，死了以後，所有世上的痛苦都會煙消雲散，同時，會出現另一種痛苦在其他人的身上。

你的朋友、兄弟、姊妹、戀人，他們會因為失去一個「重要的人」而感覺痛苦。

而死去的人……並不知道這一種痛苦。

……

……

．

葵涌瑪嘉烈醫院。

金敘依和姜爵霆在手術室外等候，已經是敘逆被刺後的六小時。

他們跟警方落了口供，當然，不會有任何有關「前度暗殺社」的內容。

「敘依妳先回去吧，我有消息立刻通知妳。」爵霆說。

敘依面容憔悴搖頭：「不，我想在這裡等。」

她的二哥失蹤，大哥又在手術室內，她根本不能回去安睡，她寧願在這裡等待，直至有好消息到來。

吳方正已經被警方拘捕，他涉嫌跟大帽山上兩個男人的凶殺案及校工的死有關，現在還刺殺敘逆，看來，已經沒有人可以幫到他。

如果一切都是幼真的計劃，這絕對是「完美的完成」。

案發現場，她只是其中一個受害者，而所有的罪名，都歸咎於吳方正。

吳方正的確兌現了「守護著喜歡的人」的承諾，不過，他並不知道，自己只是被……利用。

就算，現在跟吳方正說出所有真相，也許，他也不會相信。

愛情會讓人盲目，甚至，扭曲所有的真相。

「愛」可以拯救世界，同時，「愛」也可以……

摧毀一切。

……

…

·

一間女生的房間內。

「她」看著一張成為了她電腦 Wallpaper 的相片……

一張可愛貓咪相片。

沒錯，這個人就是被敘逆欺騙，得到了假 USB 手指的女生。

「跟我玩嗎？看來，你也棋差一著了，嘻嘻。」

此時，她的手機響起。

「恭喜妳，完美完成任務！」譚金花在電話另一端高興地說。

「只是對手太弱而已。」她說。

「我不明白，妳又怎知道金敘逆會有手槍？」譚金花問：「我給妳金敘翰死亡的相片，加上手槍，完美地完成了整個計劃！」

「因為他買的那把手槍，是從我旗下的暗網購買，我只要追查他那些加密貨幣的地址就知道了。」她說。

「妳竟然有這麼大的勢力！我不知道呢？」

「妳有很多東西也不知道吧。」

包括了……「她」的真正身份。

在她的房間內，放著一個巨型的洋娃娃。

沒錯，「她」不是什麼人，而是「前度暗殺社」的……

真正最高創辦人。

她為什麼變成了「隱爵」？她不是已經擁有整個組織嗎？

只因，「她」……太悶了。

在最上方指指點點已經沒有任何的趣味，「她」要扮成「隱爵」，然後執行任務，這才夠好玩。

一切，都只因為「好玩」。

「她」掛線後，走出了昏暗的房間，就在螢光幕的微弱燈光之下，可以看到她的頭髮……

一頭粉藍色的頭髮。

……

…

．

葵涌瑪嘉烈醫院的手術室門外。

經過八小時的搶救，醫生終於出來，本來非常累的敘依與爵霆也精神起來。

「醫生，逆大哥怎樣了？」爵霆立即走到醫生面前。

敘依的心跳加速，如果大哥有事，她已經沒法接受這一種痛苦。

主角，不會死的。

在她的心中，出現了這一句說話。

醫生脫下了口罩，神色凝重地說。

……

…

．

「**對不起，我們已經盡力，搶救無效，傷者已死。**」

主角，死了。

《你一直走的方向，只是扭曲的真相。》

GAME OVER

第十二章——真・羅生門

第十二章——真・羅生門 ENDING〈1〉

這是調查到「姜幼真」是幕後主謀的結果。

金敘逆死去，故事完結。

不過，這不是「真正」的結局。

姜幼真……不是**真正的主謀**。

她不斷出現「我不知道你說什麼」、「我沒有做過」、「我沒有殺人」的表情，不是假的，全都是真的。

她沒有演戲，因為她根本就什麼也不知道。

姜幼真，只不過是故事中的另一隻棋子。

以下內容，就是所有故事的「真相」，真正的結局。

這才是真正……「**前度的羅生門**」。

……

……

·

2008年。

當年，「她」只有八歲。

一座古堡內。

一個像足球場一樣大的私人圖書館，她一個人正在看書，在她的手上的書籍，不是什麼《格林童話》，又或是漫畫書，而是一本有關密碼學與共識機制的書籍。

一本正常成年人也看不懂的書，她卻看得津津樂道。

小女孩本來是門薩國際（Mensa International）的成員，不過她拒絕加入成為最年輕的會員。

門薩學會在1946年成立，只有智商為世界人口中最高2%的人，才能加入成為會員。

為什麼她要看密碼學與共識機制的書籍？因為這就是加密貨幣「區塊鏈」（Blockchain）的基礎。

她曾經想過「改變世界」。

一個八歲的女孩，想過改變世界。

用比特幣去改變世界？不，最後她改變了「方法」，用另一種方法改變世界。

她拿出一台當年沒太多人用的第一代 iPhone 手機，發出短訊。

「中本先生，你的《比特幣白皮書》有一個地方有問題，當『創世區塊』出現，會因為人類的貪婪，很快會造成炒賣，未必可以達成你的理念。」

「我知道，不過，就由人類自己去決定吧，之後我會消失，真正做到『去中心化』。」對方回覆。

「我明白了，希望你的理念會成功。」

此時，管家走到她的面前，他上氣不接下氣說：「小姐，女主人……女主人她快不行了！」

「好，我們現在去看看媽媽。」

她牽著管家的手一起離開，在小女孩的臉上沒看到一絲傷感，因為她知道，人總有一死，無論是有錢人、窮人、普通人、親人，都會離開這個世界。

一個只有八歲的女孩，已經看透了世界。

她的母親臨終前，告訴她一個秘密。

自從入贅的父親拋棄她們後，母親開創了一個組織，名為「前度暗殺社」，她希望女兒可以繼承她的遺願，成為組織的最高決策人，知情的家族成員會一直協助她。

當時，她從書中知道「前度」的意思，卻不懂什麼是「愛情」，她只有一個想法……

「好像很好玩。」

她決定「用另一種方法」去改變世界。

「沒問題！」

她一口答應了母親。

就從那天開始，她繼承了「巨型洋娃娃」的位置，成為「前度暗殺社」的創辦人。

《不是不想忍耐，只是不想傷害。》

第十二章——真·羅生門 ENDING〈2〉

表面上，她一直以一個普通人的身份在香港生活，但在暗裡，她是一個龐大集團的最高決策者。

她家族的生意，已經可以讓她十世也不用擔憂生活；不過現在的她，比整個家族更富有，因為她很早已經明白人類的「貪婪」，投資了比特幣。

她當然有戀愛過，而且也為愛哭過，為愛而感動過。

她是一個很平凡的女生，同樣在普通學校讀書，甚至成為了學校的校花。

在她內心，一直也在追求一個可以永遠愛著自己，同時自己也愛的人，不過，這麼多年來，沒有一個人可以做到。

或者，一個對「死亡」沒有真正感覺的人，根本就不太了解什麼是「愛」。

她一直不痛恨「前度」，來到二十多歲，她才第一次用「前度暗殺社」的名義，殺死第一位前度。

因為，當時她有了對方的骨肉，對方卻把她拋棄。

「殺了他。」

很簡單。

她也沒法接受為一個不愛的男人生下孩子。

最可怕是，殺人對她來說，也只是「死亡」，她根本就像小時候看著母親時一樣，覺得人必有一死，其實生命也沒什麼大不了。

她從來也沒痛苦得死去活來，卻組織著一個痛恨前度的組織。

她苦悶，因為她已經權傾天下。

直至她發現了一個很好玩的「遊戲」。

她不是沒有朋友，在她擁有多個身份的生活圈子中，她有一位很要好的姊姊，這個人就是……優結央。

認識優結央的人，根本就不是姜幼真，而是「她」。

她一直在想，如果親手殺死自己最好的朋友，會不會很痛苦呢？

她很想知道自己會有什麼感覺。

直至，她把優結央推下樓以後，她終於知道答案。

她……沒有任何的感覺。

「死亡」這兩個字的感覺，對她來說，跟八歲時一樣。

她會為失戀而流淚，卻不會為死去的人而痛苦，甚至對方是被自己所殺。

優結央死後，她知道結央的男友會調查她死亡的真相。

其實，自從金敘逆跟優結央一起以後，她就感覺到優結央完全改變了。

不知道是不是她心中妒忌優結央比她更早找到深愛的人，還是她不想優結央這位好朋友被佔有，當時，她對結央的男友一直也很在意。

就在那一刻，她好像找到了人生樂趣一樣，她決定了上演一場……

「**羅生門以外的羅生門**」。

她開始了她的「計劃」。

首先，因為她知道優結央死前是想殺死前度朱明輝，不過，最後也沒有下手，也許就是受到金敘逆的影響。

她不能讓姊姊心願未了，決定找來譚金花合作，最後把朱明輝殺死。

這是她第一次完成「隱爵」的工作。

她在優結央家中留下了「對話」內容，什麼「破壞了妳的事業」、「妳不覺得要報復嗎」等等都是假的，她的目的，就是要金敘逆調查事件，要令事情跟譚金花的名字連上關係。

然後，就是下一場「嫁禍別人」的計劃。

就在她暗地裡計劃一切之時，同時也繼續扮演著正常人生活。

她遇上了一個奇怪的男生。

從男生在學校示愛，為她所做的一切，讓她以為真的找到了一個真心愛著人，可惜，她慢慢發現，根本不是那回事。

她甚至因為這個性格古怪的男人，去找另一個男人慰藉，最後……懷孕了。

對她來說，生命就如死亡一樣，只不過是很普通的事，最後她決定把胎兒打掉。

沒錯，這個一直也隱藏著身份……

這個看似很普遍的女生……

這個把優結央殺死的人……

這個「她」……

不是姜幼真，而是……

孫、希、善！

《真相的背後，隱藏著另一個真相。》

第十二章——真·羅生門 ENDING〈3〉

數個月前。

深圳地下黑市醫院。

她正在等候進行墮胎手術。

「小姐，你無需要這樣做，我們有最好的醫生……」

古堡的管家想說下去，卻被希善打斷：「我想感受一下，沒問題的。」

「好吧，總之妳自己要小心。」

已經這麼多年了，管家知道不可能說服他家的小姐——他家的……天才。

「我想問你一個問題。」希善說：「你會叫太太生下小孩，然後送給別人做他人的孩子，給別人養嗎？」

「當然不會！」

「嘻！我就知道！也許，我才是正常的！」她高興地說。

有時，有不同身份的她會覺得自己是「怪人」。不過，當他遇上了吳方正後，孫希善才知道世界上充滿了怪人，不是只有她一個。

孫希善已經不愛他，不過，吳方正的確是第一個讓她明白這個道理的人。

當時，那個不知道她身份的「隱爵」想殺死吳方正，她阻止了。孫希善還扮成不知道吳方正是不是跟「前度暗殺社」有關，讓那個「隱爵」不會懷疑她的身份。

她看著發霉的牆壁，那個古老的時鐘，回想起一年多前，吳方正在平安夜向自己表白的畫面，那個滿天白紙屑像雪一樣的畫面。

她回憶起她一切「計劃」的起點。

譚金花告訴她，金敘逆去過她的花店調查優結央的事，她從閉路電視看到敘逆蹲在地上痛哭，她知道這個男人是深愛著姊姊。

同時，她從沒感受過這種「深愛」的感覺。

她的計劃，就從那天開始了。

首先，她要讓金敘逆知道「前度暗殺社」的事，她偽造了優結央與譚金花的通話記錄，而且還列印出來，她要金敘逆起疑，當然，孫希善一直也跟譚合花合作。

為什麼她要這樣做？

因為這樣才「好玩」，如果不給金敘逆提示，不知他何時才發現「前度暗殺社」的存在。

當然，孫希善知道金敘逆的妹妹金敘依也是組織的人，所以她一直利用金敘依去監視金敘逆的一舉一動。

那個在女生房間的「隱爵」，就是她。

當時，她沒想到給金敘逆擺了一道，USB的資料是假的。

金敘逆曾經說過「不合理」的地方就是這一點。

那個叫金敘依派人去碼頭的人，根本就不是姜幼真，而是孫希善。

如果是姜幼真，她跟吳方正關係很好，才不會不知道吳方正擁有「前度暗殺社」的證據都是假的。

這是「遊戲」的提示，兇手不是姜幼真，而是……孫希善。

其實比金敘逆更早調查組織的人，還有一個人，他是葛角國。

孫希善一早已經認識葛角國，葛角國調查到譚金花就是其中一位「隱爵」。孫希善出面幫助譚金花，本來，孫希善可以簡單地殺死葛角國，不過她覺得留下這個人會有用，還教他如何慢性毒死婆婆而得到保險金。

的確很有用，因為在最後的「劇本」中，死去的葛角國成為了「關鍵」。

叫吳方正殺死葛角國的「隱爵」，就是孫希善。

因為孫希善知道葛角國的秘密基地，她知道「嫁禍姜幼真的計畫」即將要成功。

她把自己變成另一個……「姜幼真」。

孫希善用不同身份生活，已經習以為常。

她去過婆婆家，也知道葛角國的地下室，她甚至恐嚇過婆婆，會毒死她，所以婆婆才會說她是「壞的護士兵」。

當然，她跟婆婆說自己的名字叫「姜幼真」，所以在婆婆臨死之前說是「姜幼真」，但那個人其實是孫希善。

孫希善利用姜幼真的名字，讓敘逆以為殺死結央的人，就是姜幼真。

孫希善亦知道，有院友在安老院死亡，安老院一定為了聲譽而隱瞞真相。直接說婆婆是老死就好了，免了不少麻煩。

她也不用處理婆婆的屍體，一舉兩得。

她甚至叫譚金花把手機中自己的名字改為「姜幼真」，所以每次孫希善打給譚金花，來電顯示都會出現「姜幼真」的名字。

她把葛角國調查自己的資料全部改成姜幼真，把所有的罪名全都推了給她。

孫希善在想，要如何才可以「製造」出一個最驚喜的結局？

她發現了金敘逆在暗網中買下了一把手槍。為什麼要買槍？是為了自衛？還是有其他原因？

不用想，就是用來……殺人。

正好，這把手槍成為了她計劃的一部份。

要如何才可以讓他殺死什麼也不知情的姜幼真？

只有一個方法，就是真正殺死他最重視的人，就是他的弟弟，金敘翰。

當金敘逆放下手槍之時，他就收到了金敘翰慘死的相片，真的這麼巧合嗎？

才不是，當時，暗地裡吩咐譚金花發出相片的人，就是在場的孫希善。

《計中有計，局中有局。》

第十二章——真・羅生門 Ending〈4〉

金敘逆跟高斗泫約孫希善和姜幼真出來，以為是「他們」的計劃，其實是反被利用了。

孫希善知道葛角國和韓志始已經被吳方正殺死，三個男生同一時間跟三個女生分手，關鍵就是譚金花這個共同朋友。而金敘逆追查的線索只有譚金花，正好讓敘逆懷疑，所以才會反被利用，跟高斗泫約了孫希善和姜幼真出來見面。

當然，三個女生當時都在說謊，這就是戀愛的羅生門，每個人都會就自己有利的方向，就自身的利益說出屬於自己的故事，這正好可以掩飾她們一直在說謊的事實。

讓每一個人都在說謊，然後掩蓋著另一場「真・羅生門」。

孫希善的計劃非常細密，當中包括假扮喝醉，跟雜誌社同事周靜蕾說，作家文漢晴才是自己腹中孩子的爸爸。

為什麼她要這樣做？

因為她的某些「秘密」，被吳方正發現了。

還記得嗎？

吳方正曾跟金敘逆說過，孫希善不是一個簡單的女生，當時吳方正沒有說明是什麼事讓他這樣想。其實，吳方正無意間在孫希善的電腦發現了她在假扮另一個「身份」。

別要忘記，孫希善在世界上，有很多個身份。

其實在現實的世界，每個人都曾經在網絡上假扮其他身份，不過孫希善為了小心為上，想到了不被懷疑的方法。

孫希善想到，如果被懷疑，她可以扮是找尋「前度暗殺社」處理前度的新人，她被弄大了肚，然後要殺死作家文漢晴，殺死這個前度，合情合理。

就這樣，就算吳方正告訴敘逆，孫希善有不同的身份，她也只不過是其中一個尋求「前度暗殺社」幫忙的女生。

吳方正的出現，讓孫希善的計劃出現更多的變數，更好玩。

最初，孫希善跟吳方正一起時，她從來沒有暗地裡調查這個喜歡的男生，她希望可以用正常的身份去了解愛情。不過，她發現吳方正是一個偷窺狂後，她終於開始調查，知道了吳方正跟姜幼真從小已經認識。

她已經決定把所有罪名嫁禍給姜幼真。吳方正在壁報板寫上「15537393 I LOVE U」表白，很明顯，的確是姜幼真教吳方正這樣寫的，因為她也懂得加密貨幣的知識。

「15537393」，其實在 GOOGLE 上搜尋，已經有很多相關的內容。

而孫希善知道姜幼真懂得這些知識，這正好可以利用，讓姜幼真更加可疑，用來誤導金敘逆。

最後，這盤棋，金敘逆兩兄弟死去，孫希善勝出。

不過這場「羅生門」的遊戲，沒有真正的贏家。

孫希善勝出，但她還是找不到一個真心喜歡的人，她只享受著「遊戲」的快樂。

在愛情世界的「羅生門」中，沒有人不會說謊，無論是前度或現任也好，每個人都會說一個對自己有利的故事。

只有一個方法，可以不讓「愛情的羅生門」發生，就是……

「**要騙，就要騙一世。**」

就算是如此多的謊言，為什麼還有這麼多人相信愛情？

孫希善還未找出真正答案。

很多人也沒法知道答案。

我們沒法完全了解「什麼是愛情」，也許，根本就不會有真正的答案。

同時，我們沒法完全走出「前度的羅生門」，只因……

我們暗地裡，享受著被虐待的過程。

享受著……

被愛與被傷害的過程。

《就算是虐待你，你也不會心死。》

第十二章——真・羅生門 Ending〈5〉

一年後，日本福岡。

今天是全年下雪量最高的一天，兩個女生在咖啡店內一面看著雪景，一面喝著暖暖的咖啡。

她們是孫希善和譚金花，孫希善又換了綠色的髮色。

「為什麼香港不會下雪的呢？」希善看著雪從天而降。

「因為下雪的香港就不是香港了。」譚金花喝著咖啡：「就是有些地方不會下雪，我們才會冀望它會下雪。」

「就是因為有些人永遠得不到，所以才會更愛。」孫希善笑說。

「比喻得好，對極了，嘻！」譚金花也笑著回應。

當時在南豐紗廠咖啡店發生的事，曾經成為香港人茶餘飯後的話題。不過，經過一年的時間，大家又再次淡忘，因為世界上有更多光怪陸離的事發生，健忘也很正常。

吳方正承認所有的罪名，被判終生監禁。

為一個深愛的人而永遠失去自由，值得嗎？或者，吳方正才真正明白什麼是「愛」。

當然，吳方正被威脅不能說出「前度暗殺社」的事，不然，在外面的姜幼真會有危險。

他為了幼真，絕口不提。

金敍依、高斗泫、姜爵霆等人，交出了不同的證據，想證明姜幼真就是主謀；不過，吳方正把所有事情都說是他的安排。最後，沒有足夠的證據，姜幼真無罪。

姜幼真已經離開了香港，或者，不想再留在這個充滿痛苦回憶的地方。

「沒想到姜幼真竟然沒事，或者，這就是我一直想找到的『愛情』。」孫希善說：「除了那次表白之外，吳方正沒有這樣愛過我，真的有點不甘心。」

「要不要殺了姜幼真？」譚金花問。

孫希善搖搖頭：「遊戲已經結束了。」

「金敍依他們呢？」譚金花說：「不過，她就算把組織的事告訴別人，根本就不會有人相信。」

「遊戲已經結束了。」孫希善重複。

金敍逆的辦公室已經關閉，金敍依已經離開了自己所創立的品牌，跟姜幼真一樣，離開了香港。

在她的心中，應該還是痛恨著姜幼真，不過，最後她選擇了離開這個「報仇」的遊戲。

高斗泫回到自己的工作，繼續她的生活。三個月前，她結識了一個新男友，不過，她已經對愛情失去了希望。

金敍依問過她有沒有喜歡過自己的哥哥，高斗泫沒有回答她，只是用手指著自己的胸前。

「**在心中**」。

姜爵霆跟黃若婷沒有分手，加上了他們的貓，組織了一個幸福的小家庭。沒有人會相信，英俊的他會選擇黃若婷，不過，愛情就是這樣有趣。

日子還是要過，這段時間發生的事，可能都只不過是生命中的一小部份，沒有人知道未來會是怎樣，不過，這「小部份」將會成為他們的人生中，最刻骨銘心的回憶。

此時，一個日本男生走進了咖啡店，她是譚金花的新男友。

孫希善和譚金花對望了一眼，然後，微笑了。

她們又有新的遊戲了。

所有事情已經結束，不過……

「前度暗殺社」沒有。

只要有分手的故事……

只要還存在「羅生門」……

她們還是會……**繼續營業**。

《如果想故事就這樣結束，別要看下去。》

二周目重玩一次？

第十三章——金／銀

第十三章——金／銀 REALITY〈1〉

醫院私家病房內。

「銀先生，今天我替你換了新花，是向日葵啊！」

我……聽到一把女生的聲音……

「向日葵的花語是忠誠、愛慕與勇氣，嘻！希望有天你醒來後，可以看到。」

我……醒來後？

「不過，我也說了三年，其實你有聽到嗎？」

我的眼睛緩緩地張開，看到一個年輕的女護士背著我。

「你知道嗎？你的遊戲……」

我一手捉住她的手臂！

「呀～～～～～～～！」

護士大叫，我完全不知道發生了什麼事。

「終……於醒了！終於醒了！」女護士立即走出房門：「醫生！醫生！」

我看著手上的點滴，還有身上的衣服，很明顯我是一個病人，我的頭還有點痛。

究竟……發生了什麼事？

我的記憶很模糊，不知道自己為什麼會在醫院，我腦海中只出現了……

沒錯……結央！敘翰！敘依！斗泫！爵霆！還有……「前度暗殺社」！

等等……最後的畫面是被吳方正刺中……我沒有死去？昏迷了？

剛才那個女護士說什麼三年，我已經昏迷了三年？

現在是什麼日子？

無限個問題在我的腦海之中出現，此時，醫生走進來。

「銀生你好，我叫 Dr. Choi，我是你的主診醫生。」

他用電筒照著我眼睛的瞳孔。

「發……發生什麼事？」我問。

「你昏迷了三年，現在才剛醒來，思緒應該會很混亂，不用急，慢慢來。」

「其他人怎樣了？」我捉住他的手臂激動地說：「別要讓組織對付敘依他們！」

「你說的是……」醫生不明白我的意思。

「前度暗殺社！」我大聲地說。

然後醫生回頭看著護士，護士跟我微笑點點頭說：「銀先生，沒問題的，我想你的腦海還是很混亂，不過，很快你就知道發生了什麼事。」

「什麼銀先生？我姓金的！我叫金敘逆！」我非常激動：「你們是組織的人？我要出院！我要跟敘依見面！」

「銀生，你先冷靜……」醫生說。

「我怎樣冷靜？他們現在有危險！」

兩個男護士走向我，一左一右把我制伏在床上，然後醫生在我的手臂打了一針，我的意識開始模糊……

斗泫他們……會有危險……

我不能掉下他們不管……

我……

我再次陷入了昏迷之中。

……

…

．

「呀！！！」

我不知道睡了多久，再次驚醒！

「敘逆，你終於醒來了！」紅髮的中年女人說。

我想坐起來，才發現雙手手臂被鎖在病床上。

「不用怕，鎖著你只是怕你會弄傷自己，沒事的。」另一短髮藍眼的女人說。

我看著面前的三個女人……

短髮藍眼的女人、紅髮的中年女人，還有一個年長白髮女人！

丘英桑卡！酒井菜月！還有閔智孝！

她們是「前度暗殺社」的高層！

等等……

等等……

我怎會知道這些事？

我怎會知道組織高層的名字？！

《無論世界有多大，你只活在你的世界。》

第十三章——金／銀 REALITY〈2〉

三小時後。

大批支持者和記者已經來醫院門外，大家非常期待敘逆的醒來。

當然，就是那個護士對外發佈敘逆已經甦醒的消息，她也是其中一位支持者，她想快點跟其他的支持者報告。

「大家稍安毋躁！有進一步的消息，我們會……」

醫院的發言人還未說完，一個女人從醫院走了出來，她是紅髮的酒井菜月。

「銀敘逆現在情況如何？」一位記者問。

「是不是已經下床了？」

「他有沒有說什麼？」

「銀敘逆！銀敘逆！敘逆！敘逆！敘逆！敘逆！」

除了記者不斷發問，支持者也在叫著敘逆的名字，不過，不是金敘逆，而是……銀敘逆。

「我知道大家很想知道敘逆的最新情況，不過，現在他才剛醒來，未有發表什麼。」酒井菜月說。

「他的狀態怎樣？有沒有說什麼？」記者問。

「暫時他的思維仍然比較混亂，現在我們跟醫生正在觀察中，不過，敘逆應該很快就可以回復過來。」

在場的人繼續追問，代言的酒井菜月不斷回答他們的問題，不過，很明顯大家對敘逆醒來的事非常高興。

在醫院的私家病房內，短髮藍眼的貝．丘英桑卡從玻璃窗看著門外的情況。

「敘逆你看，你的支持者都很期待你醒來。」她說。

敘逆沒有回答他，在剛才的兩小時，他不斷看著手上的平板電腦，所有的「真相」，已經有答案。

敘逆已經冷靜下來，不過，他還未相信現在發生的一切。

「敘逆，喝吧。」白髮女人閔智孝把一杯茶放在他面前：「我不知道你昏迷時腦海出現了什麼畫面，不過，我肯定的跟你說，這裡才是……『真實』。」

敘逆看著玻璃窗外的藍天，從他的表情中，沒看到醒來的喜悅。

他明明被吳方正所殺，現在卻生存下來，在他心中，還是未能完全相信現在所發生的事。

「現在你已經分清楚了嗎？」貝．丘英桑卡走到敘逆身邊問。

「未……未……」他搖搖頭：「在我腦海中，妳們還是『前度暗殺社』的高層。」

她們兩個女人對望笑了。

「當時我也說你一定很討厭我們，才會把這些角色給我們，呵呵！」閔智孝笑說。

「不過，我們也很受歡迎呢。」貝．丘英桑卡高興地說。

「我真實的名字是……姓銀？」敘逆問。

「對，是銀敘逆，而不是金敘逆。」閔智孝說：「當時你還說金斧頭和銀斧頭的故事，那就把姓氏由銀變成金吧。」

「如果你不是一直昏迷不醒，這幾年，你就可以感受到支持者有多愛戴你。」閔智孝說：「現在你終於醒過來，實在太好！」

敘逆沒有回答她，還在看著平板電腦。

「敘翰……敘依呢？我的兩個好弟妹呢？」

貝．丘英桑卡溫柔地拍拍他的手背：「逆，你是知道的。」

「我……」敘逆不斷搖頭。

「他們……」貝．丘英桑卡：「**根本就不存在**。」

《我們總說時間不多，不過，存在的意義又是為了什麼？》

第十三章——金／銀 REALITY〈3〉

《前度的羅生門》。

新聞報導。

「《前度的羅生門》獲得最佳遊戲劇情大獎，評審列出作品的優點：充滿愛與恨的選擇，遊戲故事使用江戶時代的人物設定群像劇。劇情精心佈局，峰迴路轉，男女玩家遊玩時各有不同感受，讓玩家跟著劇情一直調查事件。最後三個不同結局各有特色，記錄著對逝去愛人的情懷。不過，遺憾的，還有一個隱藏結局尚未有玩家成功破解。」

新聞報導。

「《前度的羅生門》（Rashōmon Of Love），跟《異域神兵》、《太空戰士》、《勇者鬥惡龍》等 RPG 齊名，在日本甚至比《女神異聞錄 5》天花板級的戀愛 RPG 遊戲更受歡迎，被大批支持者選為我最喜愛的戀愛 RPG 遊戲。」

新聞報導。

「《前度的羅生門》遊戲開發者銀敘逆，因車禍重傷昏迷，現於深切治療部接受搶救，他所駕駛的私家車跟一台中型貨車相撞，事後發現貨車司機未能通過酒精測試。」

新聞報導。

「兩年前車禍昏迷的《前度的羅生門》開發者銀敘逆，獲選進入D.I.C.E. Awards名人堂，繼宮本茂、坂口博信、鈴木裕與小島秀夫後，成為另一位亞洲的名人堂代表。同時，也是首位加入名人堂的香港人。這個獎項，代表開發者作出革命性及創新性的成就。」

新聞報導。

「一年前加入名人堂的銀敘逆，其作品《前度的羅生門》銷量已達八百萬套，已超越所有同類型的戀愛RPG遊戲。廠方未來會製作『重製版』，畫面質素會大幅提升，最重要是不會修改遊戲故事內容，原汁原味。」

新聞報導。

「遊戲《前度的羅生門》的最後隱藏結局，還未有人成功破解。亞洲地區的一群KOL成立了交流協會，有些會員甚至已玩上一千小時以上，但仍未知道隱藏結局的真相。有些玩家甚至認為『隱藏結局』只是一個噱頭，根本沒有真正的第四結局。」

新聞報導。

「《前度的羅生門》的製作者銀敘逆經已甦醒，遊戲公司的發言人酒井菜月稱，銀敘逆思緒仍然很混亂，但很快可以回復過來。」

私家病房內。

我放下了手上的平板電腦，呆呆地坐在沙發之上。

醫生說要給我多點休息時間，我公司三個高層同事也先行離開。

我一個人坐在昏暗的病房內，只有電視發出的微弱光線。

原來……原來……

原來我不是什麼加密貨幣交易所的老闆，我是一位**遊戲設計師**，《前度的羅生門》是我親手設計的遊戲，遊戲中我還用上了身邊同事和朋友的名字。

貝・丘英桑卡、酒井菜月、閔智孝根本就不是什麼「前度暗殺社」的高層，她們只是我遊戲公司的員工。

敘逆和敘依並不存在。因為我是獨生子，一直也很嚮往有自己的弟妹，他們就成為了我這個戀愛遊戲中的角色。

在真實的世界中，優結央是我死去的女友；也是因為她，我才開始開發《前度的羅生門》這款遊戲。

老實說，我還未完全分得清楚什麼是真實，什麼是假象。

現實世界？

遊戲世界？

我一直昏迷，而在我腦海中，出現了遊戲世界的故事。我本來姓銀，卻變成了姓金，就是遊戲中的金敘逆。

連我自己也被自己欺騙了。

或者，這才是真真正正的「羅生門」。

《莊周夢蝶，是蝶是人，誰知？》

第十三章——金／銀 REALITY〈4〉

一星期後，我準備出院。

醫生說我已經回復了八成，而我也記得很多真實發生的事。

例如遊戲的人物設定。

金敘翰和金敘依是虛構的人物，而其他人卻是真實存在的，比如朱明輝、文漢晴、鍾寶全、陳思儀、周靜蕾、黃若婷、葛角國、吳方正、韓志始，他們通通都是我遊戲公司的同事。

而姜爵霆和譚金花，他們是兩位年輕歌手，同時也是我的朋友。爵霆曾跟我說，要我把遊戲中的他變得更英俊，看來我沒有讓他失望。

譚金花想成為一位反派，我塑造她的角色時，就已經想好她是一個一直在說謊的主要女配角，而且幫助孫希善，兩人一直合作。

最後是三個女主角，高斗泫、孫希善與姜幼真，我要讓玩遊戲的人，猜測誰才是真正的幕後主謀，誰才是說真話、誰才是謊言者。

在遊戲中，不時會有不同的選擇，比如可以選擇金敘逆要不要繼續調查下去？相信謊言嗎？

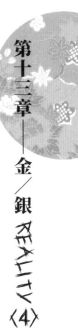

遊戲有三個結局。

第一個，在金敘依勸喻下，敘逆不再調查，沒有跟斗泫去到葛角國的「秘密基地」，然後，金敘逆回到平常日子，繼續為自己的事業而奮鬥，這算是個愉快的結局。

第二個，就是最多人選擇的結局，有90% 以上的人都以為姜幼真就是兇手。最後，金敘逆死去，結局是孫希善告訴玩家，她才是真正的兇手，是一個悲劇結局。

第三個，發現孫希善才是真正的兇手，玩家成功揭穿了孫希善的計劃，可惜，遊戲最後也是悲劇，所有相關的人會被「前度暗殺社」的殺手殺死，是最痛苦的結局。

其實，我是想提出一個反思的問題。

「**有些故事，真的需要知道真相嗎？**」

「**羅生門」真的需要知道最後是誰在說謊嗎？**

我相信真正玩過這個遊戲、看過所有故事劇情的玩家，都明白我想表達的是什麼。

除了這三個結局，還有一個「隱藏結局」。

我看過自己在遊戲推出前的訪問，的確說過真正的結局是有「四個」，就如在咖啡店時，金敘逆說有「四個人」一樣。

不過，我的記憶非常模糊，就連我也想不起「第四個」結局是什麼，當然，我也沒告訴過跟我一起製作遊戲的同事。

我是「想不起」，而不是「忘記」。

而遊戲的開始，就是因為優結央，一個已經離開了我的人。

她在遊戲跟現實中一樣，都是金／銀敘逆最深愛的女人。如果沒有記錯，最初，我只是想寫一個有關我們的「劇本」，在維也納的火車上認識是我們曾經說過的故事，我把這個設定放進遊戲之中。

其實現實的我們，才沒有這麼浪漫，都是我虛構出來的故事。

高斗泫、孫希善和姜幼真她們三個都是真實存在的人，我覺得她們三個的性格非常鮮明，可以在遊戲中出現，我決定用她們三個人作為遊戲故事的起點。

「銀先生，真的不捨得你走啊！」年輕護士說。

「謝謝妳這幾年一直在照顧我。」我微笑說。

「不！這是我的榮幸！我是你的超級粉絲！《前度的羅生門》我重玩了好幾次啊！」她高興地說。

「謝謝妳支持。」我說。

「我可以問你一個問題嗎？」

「請說。」

「其實，會不會有續集？」

續集？或者，現在的「真實」世界，就是續集吧。

「我會再想想的。」我笑說。

「如果你想要什麼戀愛的題材、壞前度的故事，找我吧！」護士說。

我跟她微笑。

看來，我還很有魅力呢，嘿。

《前度是好是壞，取決於你是否已釋懷。》

第十三章——金／銀 REALITY〈5〉

三天後的早上，我回到了自己創辦的遊戲公司。

全部員工都在，大家在拍掌歡迎我回來。

「銀生，你終於回來了！」吳方正走向我把我抱入懷。

「大家也很掛住你！」鍾寶全說。

雖然過了十天，不過，我昏迷時出現的畫面，還留在腦海中，方正跟我擁抱的確有點突然，因為在遊戲的設定中，他是殺死我的人。

「別要再殺我，可以嗎？」我笑說。

「哈哈！當然！」

全場人也在笑。

然後，葛角國和韓志始也跟我聊天。

「銀生你知道嗎？因為你的遊戲，我們差點被人打！」葛角國說。

「為什麼？」我問。

「因為你寫我們兩個角色也太壞了，有些玩家沒法抽離，還上來公司找我們算帳。」韓志始說。

「有這麼過份嗎？」

「你一直昏迷，根本就不知道自己的遊戲有多大的影響。」一個女生說。

她是……幼真在雪糕店的同事，黃若婷。

「你把我跟姜爵霆寫在一起，他的粉絲現在都叫我做『姜嫂』了，嘻！」黃若婷說。

沒錯，我就是想在遊戲中表達，英俊的男生，也可以跟平凡的女生在一起。

「妳不知幾開心，哈！」另一個女同事周靜蕾說：「謝謝你沒有醜化我們 Lesbian，在 LGBT 界，《前度的羅生門》也很受歡迎。」

有這麼厲害嗎？我心想。

除了在《前度的羅生門》出現的角色，公司還有幾個生面口，其中一個年輕的男生，好像在哪裡見過。

「那個是……」我輕聲問我身邊的酒井菜月。

「你昏迷時我們也很努力營運公司，他是其中一個新人，已經做了一年。」她說：「他叫李西哲。」

李西哲？我應該不認識一個叫李西哲的人，我看著他，他低下了頭有點害羞。

「敘逆，你不會是醒來後，換了口味……」酒井菜月在我耳邊說。

「嘿，妳別要亂說。」我笑說。

「好了好了！」閔智孝跟大家說：「大家快回去專心工作！今晚全公司的人一起吃飯，費用全由公司支付！」

「YEAH！多謝銀生！」

全部人都向我致謝。嘿，看來我昏迷前，不似是一個仆街老闆。

「敘逆，你的辦公室有人在等你。」閔智孝說。

「是誰？」

她指指辦公室的門。

同事我都見過了，還有誰？

就在我打開辦公室的門時，一下慶祝的拉炮聲響起！我頭上落下了彩色的紙屑！

「敘逆！恭喜你出院！」一個女生說：「紙屑像不像下雪呢，嘻嘻！」

說話的人，就是整個遊戲的女奸角，孫希善。

「你瘦了很多，不過，看來蠻精神的！」姜幼真笑得可愛。

「這是我們三個送給你的禮物！」高斗泫遞給我一個禮物盒：「快打開來看吧！」

她們就是《前度的羅生門》的三位女主角。

「先等等……」我微笑地看著她們：「妳們……不會合作想殺死我吧？」

「沒錯，我就是組織的主謀！」黑髮的希善裝作很恐怖的樣子：「一切都是我的計劃！」

「你把吳方正害死了！他還在監獄中！」幼真對著我說：「我不會放過你的！」

「現在我也成為了『隱爵』，因為我想替你報仇！」斗泫說。

她們當然不是說真的。

從她們的眼神中，我沒看到遊戲中的無奈、痛苦與憎恨。

「嘿，看來我真的回到現實世界了。」我苦笑。

「快打開來看看吧！」希善說。

「什麼東西？」

我把禮物盒打開，裡面放著……

《就算有多快樂的人生，都包含了無奈、痛苦與憎恨。》

第十三章——金／銀 REALITY〈6〉

禮物盒內，放著《前度的羅生門》的紙本。

「為什麼……」

「我們三個很辛苦才找來一位香港作家，把你的遊戲寫成一本小說！」斗泫說。

「這麼有趣？」

「他也是《前度的羅生門》的忠粉，這是他依照你遊戲劇本寫的原稿，現在送給你！」幼真說。

變成了小說嗎？好像很不錯，至少不玩遊戲的人，也可以享受遊戲的故事。

「謝謝妳們。」

「我們才要謝謝你。」希善說：「就因為你的遊戲，我們三人的 YouTube Channel 已經超過一百萬訂閱！」

遊戲得到空前的成功後，宣傳部總監酒井菜月請來了她們三人開辦頻道，現在她們已經是百萬訂閱的 YouTuber。

她們的頻道叫「Elizabeth Love」，頻道內容就是談情說愛，討論現今社會的愛情觀。

她們還跟我說，因為《前度的羅生門》太受歡迎，有些玩家會過份投入遊戲，希善甚至收過恐嚇信，當然，向她表白的人更多。

「你醒來後最高興的人一定是斗泫！」希善笑說。

「喂呀！」斗泫帶點尷尬。

「為什麼？」我看著她。

「因為你在遊戲中，跟斗泫有一段友情愛情兼有的關係，大家都想知道你們是不是情侶！」幼真說。

的確，如果說三個女生之中，我最喜歡斗泫的性格。

希善把她推到我身邊。

「快來拍張相片，我放上 IG 一定會爆 LIKE！」希善說。

我給她一個無奈的微笑。

希善和幼真在準備貼文，我看著斗泫：「老實說，我還是覺得妳在化妝店工作。」

「因為你昏迷得太久了，把真實與自己創造的遊戲混淆。」斗泫說：「不過，慢慢你就可以分辨出來。」

「有時我在想，其實留在遊戲中也不錯呢，嘿。」我說。

「不可以，因為你會死去，有很多人會為你傷心。」她說。

「包括了……『陌生人』？」

斗泫沒有回答我，我們互望微笑了。

跟她們多聊一會後，酒井菜月走進來：「時間也差不多了，我有事要跟敘逆討論。」

「今晚慶祝會再見吧！」我跟她們說。

「好！」

她們離開後，酒井菜月把一疊行程表放到我的桌面：「明天三點開始有四個訪問，之後跟日本那邊的遊戲商吃飯，後天是跟任天堂宣傳部吃飯，因為他們會有新主機發佈，然後晚上還有四個遊戲雜誌訪問……」

「等等！」我苦笑：「我才剛醒來不夠兩星期！」

「逆……」她搖搖頭說。

酒井菜月坐了下來，她認真地跟我說，她們三個人在我昏迷期間一直也為公司盡心盡力，貝．丘英桑卡是發行部，還要跟廠商跟進新的「重製版」之類的事情；閔智孝是財務部，還兼顧人事部；而酒井菜月是宣傳部，公司的其他大小事務她也要處理，從來也沒有任何怨言。

「好吧，不用多說，我明白了。」我說：「謝謝妳們一直幫助我，幫助《前度的羅生門》。」

「真乖，放心吧，我不會讓你工作到再次昏迷的。」

「這是笑話嗎？」

她跟我微笑，然後把資料放在我的桌上。

臨走前，她還在自言自語：「看來要幫他找個私人秘書！」

「嗄……」我看著桌上的文件呼了一口大氣。

我拿著咖啡，走到辦公室的落地玻璃窗旁，看著人來人往的中環地面。

「好像做加密貨幣交易所老闆還比較輕鬆，嘿。」我喝了一口咖啡苦笑。

此時，我看到玻璃窗前的書架，在書架上有一個白色的信封，信封上寫著……

「**前度暗殺社**」。

我打開了信封，裡面有一張卡片，卡片上寫著……

「**我已經破解了你第四個結局，我知道你的秘密。**」

《如果就這樣結束，你會否因而痛哭？》

第十四章——回來

第十四章——回來 COME BACK〈1〉

荃灣 W212 商業大廈。

回復清醒已經有一個月的時間，我昏迷的三年間，世界沒有停止，而且也改變了不少，區塊鏈技術、WEB3、VR 虛擬實境、AI 人工智能等等，太多新事物我要從新認識。

當然，遊戲界也改變了很多，大家都很關心何時會有《前度的羅生門》續集，又或是新遊戲作品推出，會不會加入 VR 元素等。

有趣的是，大家好像已經忘記，我其實才剛醒來只有一個月，嘿。

我已經決定了不會有續集，就讓這個作品成為經典吧。我當然知道繼續推出續集一定可以賺更多錢，不過，我也有自己的藝術家脾氣，我認為，在這裡完結已經是最完美。

除了工作，還有一些讓我很在意的事……

《前度的羅生門》遊戲中的故事情節，在現實中發生——我收到不少奇怪的來信，信中都說自己就是「前度暗殺社」幹事或「隱爵」。

好笑的是，「前度暗殺社」是我的創作吧，我怎會不知道有這些「隱爵」的？嘿。

酒井她們跟我說別要太在意，她們也收過不少這樣的惡作劇，只是一些瘋狂玩家想跟我玩玩遊戲而已。

我沒有太放在心，除了，一個月前那個白色的信封。

第四個結局嗎？老實說，我真的記不起來，第四個結局是不是真正的存在，連我自己也不知道。

我曾問過Dr. Choi，他說我的記憶會慢慢回復，虛構跟真實也會愈來愈分得清楚，應該就不會有「局部記憶消失」的情況。

但我真的記不起《前度的羅生門》第四個結局是什麼。

然後，我聯絡上那個把我的遊戲寫成小說的作家，他曾經寫過一本叫*《別相信記憶》的作品，我看過後覺得很有趣，所以決定了找他聊聊。

我還未按下門鈴，他已經打開了大門。

我看到幾隻貓一起看著我這個陌生人。

「歡迎，進來要脫鞋，還有用酒精搓手液。」他微笑說：「沒辦法，因為有貓要清潔一點。」

「沒問題。」我看著他手抱的一隻貓：「很可愛，牠叫什麼名子？」

「豆花，有時我也會叫牠『小花子』。」

小花子就是我遊戲中出現過的貓。

「妳好，小花子。」

「喵～」

怎看他也不似是一個有潔癖的人，不過，工作室蠻清潔的，陽光從落地玻璃照入工作室，有一份溫暖的感覺。

他的九隻貓，應該很喜歡住在這裡。

我們一起坐到高椅上，他的同事思婷給我一罐咖啡後，我們開始了今天的話題。

「首先我想說，我是《前度的羅生門》鐵粉，我已經玩到四周目，三個結局也全破了。」他高興地說。

「謝謝你支持，我想就是因為你投入去玩，才可以把遊戲寫成小說。」我笑說。

「不過，有些地方還是不足的。」

我沒想過他會這樣說，我還以為他會大讚遊戲。

「別介意，因為我也寫很多的故事，會特別注意劇情。」他說：「遊戲操作、音樂、畫風真的是無懈可擊，就是劇情我還是想不通。」

「你要挑戰我？」我笑說。

「你真懂我心。」他也笑了。

看來，我找對人了，嘿。

*《別相信記憶》，孤泣另一懸疑作品，詳情請欣賞孤泣《別相信記憶》系列。

《世界在改變，唯愛沒變遷。》

第十四章——回來 COME BACK〈2〉

「首先，是『金田一』的設定。」他說。

「什麼意思？」

「只要有金田一的出現，就會有兇殺案！」他說：「我明白是故事和遊戲劇情的需要，但金敘逆身邊，也太多組織的人吧？」

嘿，他已經開始挑戰我的劇本了。

「的確是這樣，不過，你又怎知道自己身邊沒有這樣的人呢？」我解釋：「每個人都有自己不為人知的秘密。」

他在聽著我的解讀。

「也許……」我看著他的同事思婷：「『隱爵』無時無刻就在你的身邊。」

「嘿，有趣，我喜歡你的回答。」他說：「另外有一個問題，希善是一個足以改變世界的人，她真的可以用平凡的身份，過著正常人的生活？」

我喜歡他的提問。

「我公司樓下有一個拾紙皮的伯伯……」我說。

他雙眼發光，他一定是一個很喜歡聽故事的人。

「我有個朋友跟我說，原來伯伯一直也有幾層樓收租，其中一個單位是在半山的豪宅，拾紙皮只是他的興趣。」我說。

「等等，你朋友怎會調查一個拾紙皮的伯伯？」他好奇。

「因為她就是伯伯的女兒。」我說：「好了，正如希善一樣，這個伯伯有著不同的身份，他可以是一個看似貧窮的拾荒者、他可以是一個有錢的富翁、他也是我朋友的父親，同時，他也是我這個陌生人想知道他身份的伯伯。」

「我明白你的意思。」他笑說。

「就如我剛才所說，沒有人能完全揭開別人不為人知的秘密。希善是一個天才，她當然可以用平凡的身份過生活。」我說：「反而她更喜歡平凡的生活，就像拾紙皮伯伯一樣。」

他點點頭，表示同意。

「另外……」他看著手上的資料。

「不是我來找你幫助的嗎？」我苦笑：「怎麼變了問答大會？」

「對於我這個小粉絲，答案很重要啊！」他說：「最後一個問題！」

「請說。」

「這個問題我想了很久，你也沒有在遊戲中明確說出答案……」他說：「我想知道『聾啞盲人的遊戲』的最後答案。」

「聾啞盲人的遊戲」是金敘逆想看看孫希善和姜幼真兩個女生的反應，而說出來的故事。

故事是這樣的。

在一個棄置工場的密室內，有三個昏迷後剛醒來的男人，一個是聾的、一個是啞的、一個是盲的。

他們三個男人的中間，有一台舊式錄音機、一支筆、一封信。

聾的與啞的一起看著信的內容，而盲的按下了錄音機的播放掣。

聲音與文字的內容是一樣的，內容是……

你們三人被困在一個棄置工場的密室之內，一個是聾的、一個是啞的、一個是盲的。這裡沒有任何逃生出口，唯一逃走的方法，就是找出「主謀人」。

你們三個之中，有一個是「主謀」，只要在一小時內找出誰是主謀，另外兩人合力殺死他，就可以離開這工場密室。

如果一小時內沒有找出主謀，又或是主謀沒有死亡，密室內將會放出毒氣，到時你們會七孔流血而死！

當然，主謀已經吃下解藥，他只會看著其他兩個人，慢、慢、地、死、去！

好好享受，我為你們而設的遊戲！

他們三人知道規則後，心中想，一定要找出真正的幕後主謀！

聾的男人首先說：「我不是主謀！剛才錄音機在播放什麼內容？」

盲的男人接著說：「那封信又寫了什麼？我也不是主謀！」

啞的男人沒法說話，只看著他們兩人。

然後，他拿起地上的一支筆，在信封上寫著：「我就是主謀，請聾的人大聲地跟盲的人說。」

聾的男人看著他瞪大了雙眼，他沒有說話。

「他在寫字嗎？他在寫什麼？！」盲的男人緊張地問。

啞的男人指著信封的字，做手勢叫聾的男人讀出他所寫的內容。

「他……那個啞的男人，他說自己……自己就是主謀！」聾的男人大聲說。

不到數秒，盲的男人說……

「我已經知道主謀是誰！」

……

……

作家說出整個小故事的內容。

「故事我重複跟你說一次，我沒有錯漏吧？我知道你想用這個故事來讓玩家聯想到三個女生中，有人就是幕後主謀，不過遊戲沒有交代最後的答案。」他認真地說：「其實……主謀是誰？」

《聾啞盲人的遊戲，你也能推理出來嗎？》

第十四章——回來 COME BACK〈3〉

沒想到，他竟然一字不漏地把整個故事再說一次。

「好吧，我就跟你詳細解釋。」我說。

他聚精會神地看著我。

這是一場有關「心理」的推理遊戲。

首先，啞的男人說自己是主謀，他叫聾的男人讀出他寫的字，而聾的男人大聲說：「他說自己就是主謀！」

這裡有什麼問題？

問題就在他的「表達的方法」。

當盲的男人聽到他這樣說，他再說：「我已經知道誰是主謀！」

因為盲的男人知道……

聾的男人就是主謀。

為什麼？

逆向思維。

啞的男人，寫這句「我就是主謀」，是要看兩個男人有什麼反應，而聾的男人說：「他（啞的男人）說自己就是主謀」，不是很奇怪嗎？

他應該會說「啞的男人是主謀」，或是說「他承認了」等等引導的說話，用來排除自己被懷疑的可能，而不是加……「他說」、「他說自己就是主謀」。

因為聾的男人沒法聽到盲的男人說「我已經知道誰是主謀」這一句話，只有啞的男人聽到，此時，盲的與啞的男人就可以開始交流情報。

比如盲的男人可以用是非題來交流，如果是就叫「一聲」，否就可以叫「兩聲」，啞的人雖然不能說話，但發出聲音還是可以的。

聾的男人聽不到他們的說話，所以沒法加入。

很奇怪吧？

聾的男人明明想到將會身處一個「最不利」的情況，卻不在最初，直接指出啞的男人就是「主謀」？

很簡單，一個「遊戲設計者」，不想這麼快就玩完精心設計的遊戲，因為他就是喜歡……「玩遊戲」。

他想繼續用不同方法，誘導另外兩個男人去玩一場爾虞我詐、互相欺騙、勾心鬥角的心理遊戲。

從以上特點去逆向思維，最有可能的主謀就是……**聾的男人**。

我解釋完後，他呆了一樣看著我。

「細思極恐，這個故事……不只是這樣的……」他搖搖頭：「這就是《前度的羅生門》的一個提示，一早已經提示給玩家了！」

我微笑，看來他發現了。

「啞的男人是姜幼真，她的行為讓玩家以為她就是主謀；盲的男人是高斗泫，她跟金敘逆合作，就是想找出答案。」他說：「而那個聾的男人，一個喜歡『玩遊戲』的人，他就是……孫希善！」

沒錯，其實我一早已經給出了答案。問題是，可能要真正完成了遊戲，才會發現這個一早已經出現的提示。

有「提示」暗示了「答案」，同時，有「答案」才知道有「提示」。

就如「羅生門」的世界一樣。

「而最重要一點是……」

我想說下去時，他已經搶著說：「那個聾的男人，根本就沒有聾！去到最後，就算被發現了，他都會把另外兩個人殺死！」

沒錯，遊戲內的孫希善，就是這樣的一個人，她一直也在欺騙著「故事中的人」、「欣賞故事的人」，還有「玩著這個遊戲的玩家」。

「嘿，甘拜下風。」他笑說：「真的是一個很精密的遊戲！十刷也可以！」

「你太誇獎了，不過……」我看著他：「我來找你的原因是……」

「是不是有關……第四個結局？」

他又一次比我更快想到了。

《每一個中文字，都包含著意思。》

第十四章——回來 COME BACK〈4〉

我跟他說，我甦醒過來後，自己想不起遊戲的「第四個結局」，還有那一封信的事。

「正常人不能進入你的辦公室吧？首先，我覺得那個把信給你的人，是你公司的其中一位員工。」他說。

「但我們公司不似有人會做這些惡作劇。」我說。

「羅生門，誰知道？」

簡單一句，我已經明白他的意思。

「假設，那個人真的破解了你的第四個結局，你會有什麼秘密被他知道？」

「我完全想不起來。」

「之後一個月，在公司內沒有收到其他信件？」

「沒有，只有一次。」

他在思考著。

「我看過你的《別相信記憶》，然後就想找你聊聊這件事。」我說：「其實，我不應該來麻煩你的。」

「別這樣說，我對你的事非常有興趣！」他雙眼發光：「就好像從虛擬中來到現實，遊戲還沒有完，哈哈！」

「我也有這種感覺，好像遊戲還未結束似的。」我苦笑：「老實說，或者真的沒有第四個結局也不定。」

他搖頭：「你自己不知道嗎？」

「不知道什麼？」

「《前度的羅生門》有一個連網的設定，但問題是你的遊戲沒有 DLC 下載，為什麼可以連網？」

DLC 就是追加下載內容（Downloadable Content）。

我皺起眉頭。

的確，我記得開發遊戲時，的確有加設網路功能，但為什麼當時我要這樣做？

「很多玩家都猜測，只要在遊戲中觸發某些事件，就會啟動下載追加內容，或者，這就是第四個結局。」他無奈地說：「怎麼創作者也不知道的呢？」

「我真的記不起來。」我搖頭：「其他事情我也回復記憶了，就是唯獨這件事，我完全沒有印象。」

「明白。」他在筆記簿寫著：「現在有三個問題，一、那個說知道你秘密的人是誰？二、第四個結局究竟要怎樣開啟？三、為什麼你會記不起有關的事情？」

他指著電視螢光幕，是遊戲開始時的畫面。

「你的遊戲售出超過八百萬套，多過一個香港的人口，但沒有人能夠解開第四個結局，這代表了這是一個隱藏得很深的故事。」他分析：「深到連你自己的潛意識也『拒絕記起』這個結局，所以你才記不起來。」

潛意識？拒絕記起？他的說話，不是沒有道理。

「問題就在，如果真的是埋藏得這麼深，你真的想知道答案嗎？」

一言驚醒，如果像他這樣說的話，那個深藏的秘密，會是一件很嚴重的事？

他沒有再追問，只是在摸著一隻白色的貓。

他給我時間去選擇。

就如遊戲一樣。

良久，我終於說話。

「我想知道。」

他跟我微笑。

「很好，那就要從你製作這個遊戲開始說起。」他說：「就是從……你跟優結央開始說起。」

《當回憶起曾經，你有什麼心情？》

第十四章——回來 COME BACK〈5〉

《前度的羅生門》的故事，第一幕是在咖啡店由三個女角色開始。不過，整個遊戲時間線的真正起點，是金敘逆和優結央在前往維也納的火車上認識開始。

現實的世界更是在十年前開始。

銀敘逆與優結央的故事。

十年前。

銀敘逆在一間遊戲雜誌社工作，因為網絡發展蓬勃，買紙版雜誌的人已經愈來愈少，什麼攻略、什麼遊戲周邊新聞，兩星期才出一本的遊戲雜誌，根本追不上網上的資訊。

這一行將要變成夕陽工業。

當時三十出頭的敘逆，開始為自己的前途擔憂，年紀不大，但也不再年輕，如果遊戲雜誌社結業，他怕自己很難找到合適的工作。

半年後，雜誌社沒有倒閉，卻裁員了，他首當其衝是被裁的一位。

離開雜誌社後，他找過不同的工作，可惜音訊全無。他決定不再為別人打工，跟另一個雜誌社的舊同事開了一間小遊戲機店。

最初任天堂的Wii U、PlayStation 4、Xbox One等等新主機相繼推出，生意還不錯，不過因為競爭也很大，買出一隻遊戲才只有幾個%的收入，生意難做。

而且，敘逆不太認同舊同事的經營手法，要加購其他周邊產品才可以買到主機和遊戲，生意愈來愈差，他們開始出現很多的爭執。敘逆把整副身家也投資在遊戲店，如果他失敗，再難翻身。

那時是他的人生最低潮。

上天很會開玩笑的，在敘逆的事業落入低潮之時，他遇上了人生中最重要的人，她就是……優結央。

那天，下著雨，遊戲店內播放著五月天的《知足》。

「如果你快樂～不是為我～會不會放手～其實才是擁有～」

結央走進了遊戲機店。

「歡迎光臨，隨便看。」敘逆說。

「請問，你是不是……『機精強』？」結央問。

敘逆呆呆地看著她，機精強是他在遊戲雜誌寫專欄的筆名，除了公司的人，沒有人知道這個身份。

「妳……怎知道的？」

己的筆名。

敘逆看著她，結央不算非常漂亮，不過，卻有一份藝術的氣息，敘逆沒想到會有人知道自

「在你的店外……」

結央指著遊戲機店外的玻璃櫥窗，貼著一些遊戲的評論介紹，當然，這些評論都出自敘逆手筆。

「本來我也不肯定是你，就因為其中有一句，經常出現在你專欄的說話……」結央說。

「**既不回頭，何必不忘？既然無緣，何須誓言？**」

他們兩人一起說出來，這一句是《仙劍奇俠傳》第一代，女主角趙靈兒對男主角李逍遙的說話。

就因為這一句遊戲中的名言，敘逆與結央的故事開始了。

他們的緣份，就如遊戲一樣，最後女主角死去，只餘下男主角。

只餘下一個想念她……

想用盡方法去紀念她的男人。

《即已失去，何必後悔？即是從前，何須掛念？》

第十四章——回來COME BACK〈6〉

結央是一位藝術畫家，而且也很喜歡玩遊戲。

她經常會跟著「機精強」的介紹去選擇遊戲，尤其喜歡敘逆寫的戀愛遊戲推介。

從相識那天開始，因為有共同話題，他們的關係愈來愈好。老實說，可以找到一位同樣喜歡玩遊戲的女生，是一件很幸福的事。

很快，他們成為了情侶。

結央的畫廊內。

地方很細，不過，卻是結央的創作空間。牆壁上畫了一間雪糕店的油畫，色彩鮮艷，讓畫廊充滿了愉快的氣氛。

房間的牆上是一間花店，放著向日葵。

「你的畫真的很美，尤其是人物，有一種日本風格。」敘逆指著那些人物畫：「如果是遊戲的人物設定，一定很受歡迎！就好像《太空戰士》的畫家天野喜孝一樣！」

「可以啊！其實你有沒有想過自己做遊戲？」結央問。

「當然有！這是我的夢想！不過，就只是幻想而已。」

「我很想知道是什麼故事，快跟我說吧！」

「故事的開始，是一個組織……這個組織叫『前度暗殺社』，他的總部就在日本福岡塔……」

逆敘開始說出自己的遊戲構思，結央聽得津津樂道，也加入了很多有趣的故事劇情。

「有三個女學生經常來遊戲店買遊戲，我覺得她們的性格很有趣！想用她們三人來做遊戲的女主角。」逆敘繼續說。

「很好啊！」結央說：「那我會不會也是遊戲的其中一個角色？」

「當然！哈！」

他們互望微笑了。

有一個願意聽自己「發夢」的人在身邊，是一件非常幸福的事，熱戀中的他們，享受著這一份幸福的關係。

逆敘以為一切會繼續下去，他覺得跟結央可以一生一世。

直至，一年之後，他們的關係改變了。

逆敘改變了。

他找到了遊戲投資者，希望可以完成自己的「夢想」，敘逆把遊戲店賣給了舊同事，自己埋頭苦幹設計遊戲。

他日做夜做，完全投入在自己的遊戲之中，他甚至試過一個月沒有出門，一直廢枕忘餐。

就因為這樣，敘逆開始慢慢冷落了結央。

結央明白這是敘逆的夢想，甚至是她鼓勵敘逆去完成這個夢想。不過，她卻因為這樣而感覺到……寂寞。

大多的對話都是有關遊戲，比如說人物設定畫好了嗎？遊戲中的地區風格要修改、遊戲美術卻不能改等等。

結央開始覺得敘逆，喜歡她的畫比喜歡她更多，因為全都是有關他的「事業」。

直至有一次，他們吵得很嚴重。

「為什麼不是《前度的謊言》？」敘逆指著結央畫的遊戲標題圖案：「為什麼變成《前度的羅生門》？」

「你不覺得『羅生門』更有意境？」結央說。

「我跟日本廠商已經說好了叫《前度的謊言》！突然改名他們會覺得我不專業！你明知日本人最看重這些！」敘逆非常生氣。

「你就說服他們吧！」結央說：「用『羅生門』會更好！更有感覺！」

結央堅持自己的藝術想法，敘逆卻想著不能突然把遊戲名稱改變，甚至，所有合約內容都要修改，非常麻煩。

「別要用『謊言』二字！」結央說：「一點意境也沒有，太普通了！」

「什麼普通？我想用什麼就用什麼！！」敘逆大聲地說：「**這是我的遊戲！**」

結央呆了一樣，看著敘逆。

她聽到敘逆這樣說覺得非常痛苦，是「他的」遊戲？不是「他們」一起創造的遊戲嗎？

結央一直也提供意見、故事劇情等等，更是遊戲的畫師。

現在她才知道，原來，敘逆一直也覺得……只是他自己的遊戲。

這是他們爭執得最厲害的一次，同時，也是他們關係分裂的導火線。

敘逆不再採用結央的美術設計，只保留人物設計，同時，也不改名，遊戲名叫《前度的謊言》。

「謊言」二字簡單直接，敘逆就是這樣想的。

或者，問題根本不是要選擇「羅生門」或「謊言」；而是，他們是兩個不同世界的人，敘逆不明白藝術家的想法，同時，結央也不明白商業的問題。

當初，是因為「遊戲」兩個字，把他們兩人連在一起……

最後，也因為「遊戲」兩個字……

半年後，結央提出分手了。

《唯有選擇分手，才能減少傷口。》

第十四章——回來 COME BACK〈7〉

作家的工作室內。

「等等……《前度的謊言》？」他非常驚訝：「我完全沒聽過這個故事！」

「嘿，因為我從來也沒跟人說過，就連我公司的人也不知道。」我笑說：「我對外都是說這是獻給結央的遊戲，沒有人知道我們真正發生了什麼事。」

「又是羅生門啊。」他苦笑：「最後為什麼又改成了《前度的羅生門》？」

「因為……『贖罪』。」我心中有一份痛苦。

作家皺著眉看著我。

「結央說得對，這個遊戲不只是屬於我的，而是『我們』的遊戲。」

故事繼續發展。

《前度的謊言》推出前一年。

敘逆約了結央在銅鑼灣的一間酒吧見面，酒吧沒什麼客人，他們靜靜地坐在一角。

「妳簽了這份合約，遊戲商就會給你人物設定的錢。」

敘逆約她出來，就是想結央知道，她一直以來的畫作是有人欣賞、有價值的。

「我不簽。」結央冷冷地說。

「為什麼？」

「我不要這些錢，版權就屬於你，因為遊戲是屬於你的。」結央說。

「別要這樣孩子氣好嗎？雖然錢不多，不過也證明妳的畫是有價值的！」敘逆帶點生氣。

結央沒有回答他，只看著這個為了錢、為了自己的夢想，完全改變了的男人。

敘逆是好心的，他希望結央知道她的作品絕對有價值，就如他們當初相識時說的一樣。不過，他不明白，結央根本就不是需要錢⋯⋯

她只想跟敘逆過著當初在畫廊時，愉快地討論遊戲、欣賞畫作的幸福快樂日子。

此時，酒吧播放著那天他們認識時的同一首歌，五月天的《知足》。

結央的眼淚流下，然後跟著音樂讀出了歌詞：「如果你快樂，不是為我，會不會放手，其實才是擁有？」

結央還愛著敘逆的，至少，憑這句歌詞就可以知道。

當初，敘逆的快樂就是跟她一起的時光；不過，敘逆慢慢地改變，他的快樂已經不再是結央，而是他的遊戲。

結央明白這一點，所以她決定「放手」。

放手才是「擁有」。

「沒其他事我先走了。」結央擠出笑容，用手背抹去眼淚：「我男朋友在外面等我。」

沒等敘逆回答，結央離開了。

歌曲來到最後一句……

「會不會放手～其實才是擁有～知足的快樂～叫我忍受心痛～」

敘逆看著掛在牆上的時鐘，十一時二十五分三十二秒。

這是結央離開的時間。

真真正正離開自己的時間。

他的眼淚也流下來了，或者，「放手才是擁有」、「忍受心痛」的人，不只是結央……

敘逆同樣也是這個人。

那晚，是敘逆人生中，最後一次見到結央。

因為，當晚結央跟男朋友……

在車禍中去世。

敘逆非常的痛苦。

當時的敘逆完全沒法接受這件事，但他卻還要忙著遊戲的工作，有時，連傷心也沒有時間，流淚也要躲起來。

結央離開半年後，敘逆再次來到了結央的畫廊。

《前度的謊言》終於來到了最後的階段，他終於有時間去……盡情地哭泣。

那一晚，他在結央的畫廊放聲大哭。

把所有的情緒、對她的懷念、自己的無情，通通，歇斯底里地釋放出來。

《其實，所有的幸福，都來自知足。》

第十四章——回來 COME BACK〈8〉

作家的工作室內。

「雪糕店、花店、銅鑼灣酒吧、結央的單位、日本福岡塔、藝術畫家、車禍等等，在遊戲中出現過的場景、故事與人物，都是你跟優結央的回憶與故事。」他說。

「對，所以我才說，《前度的羅生門》是送給結央的。」我摸著一隻黑貓：「整個遊戲，都是屬於我們的故事。」

「為什麼之後改名《前度的羅生門》？而且不是日本的遊戲商發行，而是由你自己的公司推出？」他問。

「因為我最後也決定，把遊戲改名為《前度的羅生門》。」

……

……

……

遊戲快推出的三個月前。

因為這是遊戲商與獨立遊戲製作者發行的遊戲，所有一直也保密進行，下星期，才真真正正開始全球的宣傳活動。

敘逆終於完成了自己的「夢想」。

在發佈會前一星期，敘逆再次來到了結央的畫廊。這已成為他的習慣，他經常來這裡懷念跟結央的回憶。

那晚在畫廊，敘逆發現了一份由日本遊戲商寄給結央的合約，時間是敘逆最初跟遊戲商合作之時，當中說明了結央拒絕遊戲商的合作保密協議。

協議內容說明，把敘逆踢出整個研發計劃，由結央全權主導遊戲製作，遊戲商會完全配合她。

如果當時結央沒有拒絕，比敘逆更早跟遊戲商合作，所有發生在敘逆身上的事情都不會發生。

不會有「屬於他」的《前度的謊言》，他的「夢想」根本就不可能實現。

《前度的謊言》本來就是他們兩人共同擁有的，結央為了敘逆放棄了擁有權，而敘逆反過來覺得遊戲是屬於他自己。

他的自私，傷害了一個深愛自己的女人。

敘逆想起結央的一句說話：「我不要這些錢，版權就屬於你，因為遊戲是屬於你的。」

敘逆非常自責，他已經再不能跟結央說一句對不起、他已經再不能改變自己自私的想法。

「結央對不起！對不起！對不起！是我錯了！是我！」

敘逆痛苦地哭著，他在地上抱著自己，就像抱著結央一樣。

還有什麼方法可以彌補自己的自私？

還有什麼方法可以得到結央的原諒？

他……想到了一個方法。

……

：

·

兩天後，日本東京某商業大樓。

一個男人，在眾多人面前……**下跪叩頭**。

就如日本電影一樣，雙膝下跪、身體前趴、雙手放在頭部旁邊。

「求求你們！求求你們！」

他是銀敘逆。

「只是修改遊戲的名稱！希望你們可以修改！」他痛苦地說。

「你是不是有問題？過幾天就要推出宣傳了，還改什麼？」

「求求你們！」敘逆抬起了頭，淚流披面：「請把遊戲名字改為《前度的羅生門》！」

「你煩不煩？」高層的男人用一個嫌棄的眼神看着她：「把他拉走！」

幾個保安員把敘逆拖走！

敘逆還在大叫著：「這是結央的心願！這是我們的遊戲！一定要改為《前度的羅生門》！一定要！」

他痛苦的叫喊，在場的人不會明白。

他們並不知道，遊戲的名字對於敘逆來說有多重要。

他們並不知道，這是敘逆的「救贖」。

他們並不知道，這是敘逆唯一讓結央原諒自己的方法。

《一次機會，一世後悔。》

第十四章——回來 COME BACK〈9〉

作家的工作室內。

「你……真的飛去日本？」他非常驚訝。

「對，完全沒有睡過，第二天立即去日本。」我回憶起當時瘋狂的自己。

「最後是怎樣解決？」

「世界有一個字……」我說。

「錢。」他已經想到。

我點點頭：「我阻止了遊戲的推出，然後欠下了違約的巨款，最後找到了另一間遊戲公司合作，他們是我公司一位叫酒井菜月的同事的父親。他聽到我的故事後，決定了幫助我，而且我可以把遊戲改名為《前度的羅生門》。」

我跟作家說出欠下的違約金額，他呆了一樣看著我。

「我要寫多少本書才可以賺到這麼多錢？」他說。

「所以就算《前度的羅生門》賣出了這麼多，其實也是用來還債的。」我說。

「只是一個遊戲名字……」他說：「真的值得嗎？」

「嘿，我知道，你會明白我的決定。」

他點點頭。

「不只是一個名字的問題，而是我對結央的道歉。《前度的羅生門》是我們的遊戲，而不只是我的遊戲。」

結央才是擁有這個故事的人。

「我們的故事就是這樣了，我記得很清楚，根本沒有『第四個結局』的事。」我說。

「別相信記憶。」他說出了自己的書名。

我看著他。

「我們的大腦都會欺騙我們自己，而且你還昏迷過一次，我覺得你的記憶可能跟現實有出入。」他分析著。

然後，我看著他在簿上寫滿了的筆記，我覺得我沒有找錯人。

「放心吧，我會調查一下。」他看著筆記：「我想我又要再多玩遊戲一次。」

「謝謝你。」

「不用謝。」

我說「謝謝你」，除了謝謝他的幫助之外，最重要是我終於把我跟結央的故事，通通告訴了一個我可以相信的人。

「最後一個問題，三年前，你發生車禍的地點在哪裡？」他問：「你記得嗎？」

「在打鼓嶺蓮麻坑路。」

「好的。」他又在筆記上寫著。

此時，我的電話響起。

「對不起，我先聽聽電話。」

他微笑點頭。

是貝．丘英桑卡的來電。

「敘逆，這次大件事了！」

我聽到她的話後，整個人也僵硬了，完全不知道要怎樣回答。

「我……我現在回來！」我說：「妳把相片發給我看！」

掛線後，作家看到我鐵青的臉色：「發生了什麼事？」

「公司……公司有人死了……」

「什麼？！」

就好像他所說的「金田一」一樣，只要主角到過的地方，就會有人死亡。

「我公司有同事被殺！」

「為什麼知道是被殺？」

我的手機再次響起，是貝．丘英桑卡發給我的相片。

相片拍到一個電腦的螢光幕，在螢光幕上寫著……

「EX KILL ME，天使已死。前度暗殺社隱爵字」

《離開錯誤方向，為了得到原諒。》

第十五章——真實

第十五章——真實 FALSE〈一〉

「特別新聞報道，昨天發生一宗謀殺案，死者是遊戲公司的一名姓葛員工，他被割喉致死。在死者房間的電腦螢光幕上，顯示著跟遊戲《前度的羅生門》一樣的預告內容，警方已向遊戲公司展開調查。」

畫面轉到街上訪問。

「另外，大眾對遊戲內容作出批評，部份家長覺得遊戲內容太過血醒，不適合子女遊玩。同時亦有支持者指出，只是一款戀愛 RPG 遊戲，根本不會影響玩家身心，有問題的是玩家本身。」

畫面中出現了銀敘逆的相片。

「一個月前，《前度的羅生門》的創作者銀敘逆，昏迷三年後甦醒，大眾覺得兇案間接跟他的甦醒有關，有網民甚至覺得，是遊戲商的宣傳手法，《前度的羅生門》已經在全球買出八百萬套……」

酒井菜月關上了電視。

遊戲公司的會客室內，貝・丘英桑卡、酒井菜月、閔智孝，還有我在討論事件。

我坐在沙發，雙手插進髮根。

究竟……究竟發生了什麼事？！

死者是……葛角國。

吳方正跟葛角國同住，當天葛角國放假留在家中休息。吳方正回來後，發現他死在電腦前，喉嚨被割，留下大量鮮血，送院後證實不治。

警方已跟我錄取口供，兇案發生的時間，就在我去了作家的工作室那時，我有不在場證據，至於，同住的吳方正被警方扣留調查。

「會不會是吳方正……」貝・丘英桑卡說。

「不可能，不可能是吳方正做的。」閔智孝說：「他們兩個是最好的朋友，根本不可能殺他，而且現在又不是遊戲……」

不，現在我的感覺，就像在「遊戲之中」一樣。不同的是，葛角國的死是真實的，而不是在遊戲中可以再來二周目重生。

「敘逆，你先回家休息吧。」酒井菜月擔心著我的身體。

我搖搖頭。

此時，高斗泫走了進來。

「公司樓下大批記者還沒有走，我跟希善、幼真決定了今晚不做直播了。」她表情痛苦地看著我。

「好，就這樣決定。」酒井菜月說。

「其實……」斗泫說：「其實我覺得是那些瘋狂的粉絲所為，吳方正才不會像遊戲一樣殺人。」

聽到斗泫表達她的想法，在門外的孫希善和姜幼真也走進來。

「對！吳方正才不會真的殺人！」幼真說：「那些只是遊戲的設定，不是嗎？」

「而且也不會是我們公司的人做的！我們都很愛這個遊戲，才不想影響遊戲的聲譽！」希善說。

「我明白妳們的擔心，放心，我們會處理的。」酒井菜月說：「妳們如果想回去，從後門離開吧，記者不知道公司後門出口的位置。」

「等等。」我站了起來：「我駕車送妳們走吧。」

「但……」酒井菜月說。

「酒井，妳通知所有公司員工要小心，事情不會這麼簡單。」我說：「還有，通知所有人明天不用上班，全部都要留在安全的地方。另外，如果吳方正聯絡妳，請他給我電話。」

「明白。」

新聞說事情跟我甦醒有關，我覺得不無道理，「某個人」就在我醒來後開始了他的行動。

「他」一直等待我醒來，然後開始他的計劃。

像遊戲一樣的「計劃」。

《離開了人間，留下了遺憾。》

第十五章——真實 FALSE〈2〉

私家車上。

高斗泫、孫希善、姜幼真三個女生都在，我決定送她們回家。

我們討論著整個事件。

「我也覺得跟你甦醒有關。」坐在我身邊的斗泫說：「就好像……」

「兇手一直在等待你甦醒，才開始他的殺人計劃！」希善把頭伸向前說。

「妳們兩個別要嚇我！」幼真帶點驚慌：「我已經跟韓志始說了，叫他要小心，因為在遊戲中，他是另一個被殺的人。」

「我想知道在我昏迷期間，有沒有發生什麼特別的事？」我問。

我車禍之前，正好是《前度的羅生門》上架不久，遊戲大獲好評。不幸地，我就在那時車禍昏迷了。

「當時《前度》的銷量愈來愈好，酒井菜月說請我們三人開一個 YouTube 頻道，開始了我們新的工作。」幼真說。

「有沒有什麼瘋狂的遊戲粉絲出現？」我繼續問。

「有是有的，不過，都只是喜歡遊戲的瘋狂粉絲。」斗泫說。

「不！妳們忘了嗎？兩年前，有個男人跟蹤我們，還偷拍我們！」希善說：「我還記得他那個猥瑣的笑容。」

「跟蹤？偷拍？」我很在意。

「對，不過有一次被吳方正他們三個男生發現，把那個人趕走了，我們也有向警方備案。」斗泫說。

「這個人有可疑，至少有犯罪的動機。」我說。

「不過，那個肥仔也不像會殺人的……」幼真說：「他只是喜歡我們。」

「沒有問題就不會跟蹤我們吧！」希善說。

「我同意希善的說法。」斗泫說。

他們三個女生，性格根本就像遊戲一樣，不，應該說遊戲都是依照她們的性格來設定。當然，當中「黑化」的希善性格，只是我的創作。

「現在已經不是遊戲，葛角國死了。」我擔心地說：「妳們真的要小心，別要一個人出入。」

「我們明白的。」斗泫拍拍我的手臂：「我也明白你的心情。」

我看著倒後鏡，希善和幼真也在點頭。

她們明白我的心情，她們的意思就是「不是因為我創作的遊戲，葛角國才會遇害」，別要太過怪責自己。

不過，我還是有責任，不讓任何一個在遊戲中出現過的人有危險。

我跟她們說有人留下「已破解第四個結局」的信件。

「據我所知，你的房間一直也沒有人進去，只有清潔的姐姐。」斗泫在思考。

「不過，也同時說明公司任何人也可以偷偷進去吧。」希善說。

「妳們覺得會是誰做的？」我問：「希望不是跟這次兇殺案有關。」

「有一個人！」幼真突然想起：「他沒有在遊戲中出現，是後來公司請的！我跟那個人聊天時，發現他對《前度的羅生門》非常著迷！」

「非常著迷？因為喜歡這個遊戲才來我們公司工作，也很正常吧。」斗泫說。

「不，他甚至問過我敘逆住在哪一間醫院……」幼真說。

「等等……妳說的人不會跟我想的是同一個人吧？」希善說：「因為他也問過我同一個問題！」

「是誰？」我問。

她們兩個人一起說：「李西哲！」

那個不敢正視我的男生？李西哲？

《就算你十分普通，你還是與眾不同。》

第十五章──真實 FALSE〈3〉

「妳們這樣說，我也覺得很奇怪……」斗泫托著腮說：「有一次李西哲在影印，本來在公司影印也沒什麼奇怪，奇怪的是，我看到他影印的內容。」

「是什麼？」

斗泫看著我：「是你的車禍新聞。」

我皺起眉頭。

為什麼他要影印我的新聞？他入職一年時間，那時車禍已經發生了兩年，他還要影印來做什麼？

「這個人有可疑。」我說：「我會問問酒井菜月，我想知道這個男生的資料。」

「但怎說李西哲就不像會殺人。」幼真說。

「知人口面不知心。」斗泫說：「我覺得可以調查一下。」

此時，希善嘆了一口大氣。

「現在我們就像在遊戲一樣，一起找出背後的兇手。老實說，我覺得蠻有趣的。」她帶點失落：「不過因為葛角國的死，我的心情很忐忑很痛苦，畢竟我們也一起工作。」

「我明白妳的心情。」我說：「謝謝妳們的幫助，記得，現在已經不是遊戲，死去的不可能再復活，妳們真的要小心。」

她們三個一起點頭。

究竟殺死葛角國的人是誰？

我不能讓我公司的同事再遇害，我一定要找「他」出來！

第二天早上。

我來到了昏迷時入住的醫院，回到我昏迷了三年的病房。

我看著玻璃窗外的風景，藍藍的天空很美，可惜，那三年的我，沒有一天可以欣賞到這樣的風景。

一個護士走了進來，她就是一直在照顧我的人。

「銀先生，很久不見了！」她微笑說：「Dr. Choi 說你找我，有什麼事嗎？」

「對，有些事想問問妳。」

「不會是有關葛先生被殺的事？我看了新聞也覺得很可怕！」她說。

「不，只是想問你一些事。」我說：「在我昏迷期間，有沒有什麼特別的人來探我？」

「都有很多啊，都是你公司的同事。」她說：「他們都很好，一有時間就會來探你。」

「當中有沒有比較特別的人？」我問。

「也沒有什麼特別……」她在回想：「等等，有一個男生他最常來，一個月都會來幾次，他不是遊戲中的角色，不過，也是你公司的員工。」

「那個人是誰？」

「我沒有問他的名字，他來探你都會坐在你的床邊跟昏迷的你聊天。」

我拿出手機給她看：「是不是他？」

護士看著相片：「沒錯！就是他！」

相中的人就是李西哲。

「我記起來了！他曾經帶著一把剪刀來的……是他！他經常來探你！」

為什麼他會經常來探我？在我記憶中，這個人沒有出現過，但奇怪地，我第一眼見到他時，的確有點熟口面。

他跟我有什麼關係嗎？

我跟護士確定過後，打電話給酒井菜月，叫他把李西哲的入職資料給我；同時，她跟我說吳方正已經被保釋，他在葛角國遇害時有不在場證據。

「好的，我打給他，我想見一見方正。」我說。

然後，我打給吳方正，想了解當時的情況，我們約了在醫院不遠處的餐廳見面。

來到餐廳，他已經在等待我。

他的眼袋很大，明顯沒有好好睡過。

「很多人看著我們。」吳方正說。

我看看餐廳，沒有其他的客人。

我明白的，因為我們遊戲的事已經成為了新聞，同時代表我們已經成為了被關注的對象。

「沒事的。」我跟他說：「我會安排一個安全的地方給你暫住。」

「謝謝你。」吳方正說：「國仔是我在公司最好的朋友……」

「我知道。」

吳方正泛起淚光，用力地捉著我的手臂：「我覺得殺死國仔的人，可能是他的前度女友！」

「前度？」

《當你絕望之時，證明希望將會來臨。》

第十五章——真實 FALSE〈4〉

最初版本的《前度的謊言》，本來的角色名字，不是現在用的名字。

因為我成功拿回了版權，除了把《前度的謊言》改名為《前度的羅生門》，我還修改了很多劇情。

因為工作量很大，當時我請了葛角國、吳方正、韓志始等人，還有其他人去完善整個遊戲。

當時的團隊合作得非常好，我就決定了用公司員工的名字來替換遊戲角色的名字。

在遊戲中，金敘逆當然就是我，而優結央也是真實的，沒有她根本就不會有這個遊戲。

而金敘翰和金敘依都是我設計出來的，因為從小沒有兄弟姐妹的我，很想有這樣的弟妹。

另外，遊戲中的高斗泫、孫希善、姜幼真，她們在遊戲中的性格都跟現實的她們一樣，而姜爵霆和譚金花，就依照他們想出現的角色性格，出現在遊戲中。

當然還有遊戲中的組織高層，貝．丘英桑卡、酒井菜月與閔智孝，我都是借用她們的名字。

葛角國、吳方正、韓志始、陳思儀、周靜蕾、黃若婷、文漢晴、朱明輝、鍾寶全等人，全都是我公司的員工。不過，他們跟斗泫她們不同，在遊戲中的角色性格，跟現實是不同的，更簡單來說，就只是借用了他們的名字。

所以大家都說吳方正不可能殺死葛角國，遊戲中的扭曲性格，不是吳方正本人的性格，只是遊戲角色用了他的名字而已。

我非常相信我公司的同事。

「為什麼你會說葛角國是被前度殺死？」我問方正。

「葛角國經常跟她吵架！他們分手後，那個女的還經常騷擾國仔！」吳方正說：「我覺得是她找人殺死國仔！」

「但這是現實不是遊戲，不會有『前度暗殺社』。」我說。

「如果真的有呢？」吳方正表情認真：「警方也跟你說的一樣，他們說只是遊戲！不過如果有人模仿遊戲，製造了一個現實世界版的『前度暗殺社』呢？」

我在思考著他的問題。

「遊戲是你製作出來的，也許，有人跟著你的設定，扮成了『隱爵』！」吳方正說：「敘逆，我不是怪你創作出《前度的羅生門》，而是想跟你說，遊戲的影響力比你想像的大！大很多很多！」

就如電影中的模仿殺人劇情一樣。

是先有凶殺案，才會有凶殺案的電影出現？還是有凶殺案電影，才會出現真實的凶殺案？

「我明白你的意思。」我點頭：「警方應該會調查葛角國的前度，你就多休息，要小心，避免一個人四處走。」

「你也是。」吳方正說：「現在兇手還在逍遙法外，就好像遊戲一樣，根本沒有人知道誰是那個『隱爵』！」

「隱爵」，是我創作出來的名稱，沒想到，吳方正會用來比喻為那個兇手。

也許遊戲已經影響了更多人，大家也覺得「隱爵」是真的存在？

「酒井菜月會給你一個地址，會安排好你住的地方。」我說。

多聊了一會後，我們準備離開，在臨走之前吳方正跟我說。

「你的遊戲是史上最偉大的作品！一定會繼續影響後世的人！」他認真地說。

我跟他微笑：「方正，謝謝你的鼓勵。」

《人是不喜歡別人騙自己，卻總喜歡自己騙自己。》

第十五章——真實 FALSE〈5〉

數天後的晚上，大埔錦山。

「你那區很靜，這麼夜別要一個人出街啊！」電話中是姜幼真的聲音。

「嘿，弱質纖纖的妳才要小心，我一個大男人怕什麼？」韓志始說：「我暫時搬去舊屋住，兇手應該不會找到我吧？就算有人想對付我，我也可以把他打走！」

「總之就要小心，快回家！」姜幼真說。

「知道了，我只是去便利店買點東西吃。」韓志始笑說：「現在快走到家門前了，不跟妳說了，明天再聊吧。」

掛線後，暫住在大埔錦山的韓志始，從小路走回家，昏暗的街燈照出一個很長的影子。

「希望事件快告一段落，不會再有人受害。」他看著手機的社交留言版：「遊戲只是遊戲吧，大家真的相信有『前度暗殺社』？怎麼還說我就是兇手？嘿。」

在遊戲熱銷之時，韓志始因為角色的關係，經常被留言臭罵。不過，韓志始是一個很理性的人，他才不介意，他甚至覺得有更多人罵他，才代表遊戲更受歡迎。

他滾動畫面繼續看留言……

突然！

一個人影從草叢中走出來！他跟在韓志始後方，快速走近韓志始！

當韓志始看到地上出現了另一個影子，他立即回頭！

一把軍刀已經插入了他心臟的位置！他立即口吐鮮血！

他瞪大眼睛看著那個人……

「你……」

還未說完，兇手再次把軍拔出然後再插入！韓志始痛苦地倒在地上，就如遊戲一樣！

兇手不斷把軍刀插入他的身體，直至他再沒法說出一句說話！

然後，「兇手」留下了一台遊戲機，遊戲是《前度的羅生門》，畫面中出現了一句文字……

「**EX KILL ME，天使已死**。」

新聞報導。

「出現了第二宗因《前度的羅生門》這款遊戲而發生的兇殺案！網民開始討論是否要禁售遊戲，同時稱警方無能，讓兇手接二連三犯案……」

遊戲公司內。

同事都被召回來公司，警察在跟員工錄取口供。

在辦公室的我錄完口供後，坐在沙發上陪伴受驚的幼真，斗泫與希善也在。

已經有第二個人遇害，我還可以做什麼？

網上出現了大量的負面情緒留言，比如說為了銷量而殺人？沒有良心的公司等等，其他同事也被人騷擾，甚至收到了死亡恐嚇。

酒井菜月走進辦公室。

「警方說沒法每個人都保護，他們只能在我們員工的住所附近多派人手巡邏。」她跟我說。

「什麼不能每個人都保護？現在死了兩個人都是我們的員工！」我憤怒地說：「他們應該要派更多的人手保護他們！」

「沒辦法，因為……」

「什麼沒辦法？如果再出事怎辦？！」我非常生氣。

「敘逆……」斗泫把手搭在我的肩膀。

「我們會保護自己的，你放心吧。」希善抱著幼真跟我說。

「對，大家一定要小心冷靜，保持警惕。」酒井菜月也拍拍我的肩膀：「包括了你。」

我冷靜了下來。

不可以這樣！

我不能讓那個「兇手」利用我的遊戲來殺人！

我一定要找出「那個人」！

《隱藏在最暗處的人，多數都在光明中很耀眼。》

第十五章——真實 FALSE〈6〉

晚上，我一個人留在辦公室。

我看著新安裝的閉路電視，為了員工的安全，我只好監控著公司，他們也贊成我的做法。

今天發生了太多事，除了是韓志始遇害的事，還有其他有關遊戲的投訴，我根本分身不暇。

現在對我來說，遊戲是不是被禁售已經不重要，最重要是找出那個「模仿」遊戲殺人的兇手。

我喝了一口咖啡，整理著凌亂的思緒。

兇手是誰？為什麼要殺葛角國和韓志始？下一個目標又是什麼？

警方已經調查過葛角國的前度女友，沒有發現可疑的地方。但跟遊戲一樣，警方可信嗎？

此時，我發現桌上放著酒井菜月給我的文件，因為韓志始的死，讓我忘記了。

文件是李西哲的入職資料，我打開來看。

李西哲，二十五歲，是一名大學生，修讀計算機科學學科，程式語言 Java、Python、C、PHP、JavaScript 等等全部精通，而且成績也很優異。

以他的成績來看，他甚至可以加入一些大機構工作，為什麼會來我們遊戲公司？而且，還經常探望當時昏迷中的我？

他跟葛角國和韓志始的死有關係？

還有，破解了「第四個結局」而留下字條的人，是不是他？

我沒有直接去找他，因為他很可疑，我怕會打草驚蛇，然後讓他逃走。

「假設，我是兇手……」

我開始從「兇手」的角度去想。為什麼要在我甦醒後行動，殺死在遊戲中出現過的人？是要向我……「報復」？

問題在，為什麼要向我報復？如果是向我報復，那個人大可在我昏迷時殺了我，又或是在我醒來後殺我，為什麼要殺死遊戲的真實人物？

我再看著李西哲的相片，他真的很面熟，像在哪裡見過這個男生。

「如果，李西哲就是兇手……」

首先，他已經部署好加入我的公司，等我甦醒過來後，把信放在我辦公室，然後開始他的「殺人計劃」。

或者他在遊戲中沒法「打敗」我，反而想在現實中把我打敗。

是這樣嗎？

因為這樣就不惜去殺人？

他們都有跟我說，《前度的羅生門》有太多瘋狂粉絲，他也是其中一個？

另外一個問題，他在葛角國和韓志始被殺時，都有不在場證據，如果他是兇手，他怎樣做到的？

等等……如果因為李西哲很可疑，就把所有罪名都推向他，好像又不合理。

他只是經常來探我，根本就不代表他就是整件事件的兇手。

而且，只要我把剛才的想法加在其他的人身上，也許大家都可以是兇手。

又回到起點了。

我的腦袋快要爆炸，真實的世界比遊戲更曲折離奇，更加的……血淋淋。

「羅生門」已經不只出現在遊戲之中，而是現實中同樣出現。

兇手是我認識的人？還是瘋狂的粉絲？

是誰在說謊？

誰才是兇手？

……

……

……

一星期後。

特別新聞報導。

「有關《前度的羅生門》的兇殺案，終於有突破！警方已經找出了殺害葛角國和韓志始的……」

「兇、手！」

《答案早在眼前，只是不太明顯。》

第十六章——真兇

第十六章——真兇 FAKE〈1〉

筲箕灣新利大廈。

大批記者包圍著大廈大鬧，一個肥胖的男子鎖上手銬，被警方押回警局。

他的名字叫張濤馬。

在場的高級督察向傳媒交代案情，閃光燈閃過不停。

「我們在疑犯家中發現了一把染血的軍刀，懷疑就是殺害葛角國和韓志始的兇器。疑犯曾經騷擾三位在《前度的羅生門》遊戲中出現的女子，是一名瘋狂的粉絲，我們會循兇殺案方向處理。」

「疑犯的精神有沒有問題？」其中一位記者問。

「被捕時他的精神不穩，疑犯太投入遊戲而出現殺人的念頭，詳細的情況和細節，我們會容後交代。」

張濤馬已經被押上警車，他沒有戴頭套，在警車上面向傳媒，露出一個滿足的笑容。

這張相片，成為了各大報章與網媒的頭條相片。

「真兇出現！是遊戲的玩家！」

「因遊戲而殺人？！」

「替遊戲人物報仇，真實殺人！」

「遊戲監管需要加強？」

「同類遊戲，應在全球禁售？」

「需要立法監管獨立遊戲公司？」

各大媒體爭相報道，還有KOL、網民等等都在社交網頁評論事件，褒貶不一。有網民覺得是遊戲設計者的問題，有人覺得問題不在遊戲本身，而是社會教育出現問題。

在第二天的警方發佈會中，警方稱張濤馬已經承認殺害兩人的罪行，同時，敘述了殺人的經過。警方在他家中發現了很多有關《前度的羅生門》的物品，還有大量由AI合成的三個女角色的色情圖片。

在單位內，更發現了大量遊戲公司員工的資料。根據張濤馬所說，他一直也在蒐集角色的資料，希望從最討厭的角色開始，把遊戲的角色逐個逐個殺死。

警方在他的住所發現了一盒錄影帶，張濤馬已經把自己的計劃全部拍攝下來，本想在整個計劃完成後公開，卻因為被捕而沒法完成。

但在發佈會後的兩個小時，網絡上出現了張濤馬的自拍錄影帶內容。

他拿著姜幼真的自製欖枕對著螢光幕，可以看得出，他精神有問題。

「錄影帶呀，錄影帶很 Old School，不過我很喜歡！因為畫面上有時間和日子，嘰嘰。」
他露出了一個淫邪的笑容，吻在欖枕上。
「斗泫、希善、幼真！我幫妳們報仇了！首先我殺死了欺騙妳們的葛角國和韓志始，然後就到吳方正！之後就是一個接一個將有關的人殺死！最後就是銀敘逆！全部都要死！」
他像惡魔一樣奸笑。
「我就是妳們的英雄！我已經想好了，斗泫是我的大婆、希善是二婆，幼真妳最小，是三婆。」他變得很害羞：「我要妳們跟我生很多的小孩，不過……如果可以 4P 的話，我會更開心！」
張濤馬流下口水。
「好想妳們！真的很想跟妳們上床！」他突然又變得很憤怒：「希善！希善妳才不是壞人，妳是善良的！最壞的就是製作這遊戲的銀敘逆！他把妳寫成壞人！不可饒恕！」
憤怒的他拿起了一本有敘逆訪問的雜誌，再用一把刀插入雜誌。
「我一直就是等你醒來，然後開始我的計劃！我要你親眼看著自己的角色一個接一個慘死！嘰嘰！他們的死不關我事，是你害死了他們的！是你！銀敘逆！」張濤馬把雜誌掉走：「斗泫、希善、幼真，我真的很愛妳們！我一定會把妳們捉回來禁錮！然後，跟我生很多很多的孩子……可以嗎？」
影片就這樣結束，在匿名發佈的一小時後，警方已經把影片下架，不過，有更多人已經一早做了 Backup，還是可以從其他途徑看到此影片。

警方後來稱，當天在張濤馬單位破門而入，他可能已經預定時間把影片發佈。

兇手已經被捕，有關《前度的羅生門》的事件……終於落幕。

《生活在噁心的世界，就會出現扭曲的崇拜。》

第十六章——真兇 FAKE〈2〉

一星期後，遊戲公司會議室內。

我叫來了全體員工，我有說話想跟他們說。

「自從我醒來後，發生了很多很多事。不幸的，葛角國和韓志始離開了我們；慶幸的，終於捉到了兇手。大家的安全是我最重視的，現在終於不用再擔心，同時，我相信兇手將會得到應得的懲罰。」

大家也很認真地看著我。

「我已經聯絡過葛角國和韓志始的家人，他們也明白錯不在遊戲本身，我非常感激他們的體諒，而且，他們已經答應讓我舉辦一場追悼會，紀念這兩位最出色的員工。」

我看著吳方正，是他幫忙聯絡他們的家人，他跟我點頭示意。

「《前度的羅生門》，是我跟結央一起製作的遊戲，我想在天上的她，也不希望事情會這樣發生。而借用你們的名字來製作遊戲角色，只是我一個人的想法，為你們帶來這樣沉重的結果，我真的非常抱歉，容許我在這裡向大家說聲，對不起。」

我向他們鞠躬致歉。

「不是你的錯。」姜爵霆也來到了公司：「是我們自願加入的。」

「對，敘逆你毋須自責。」譚金花也到來了。

大家開始鼓勵我，給我掌聲。

「謝謝你們。」我衷心感激：「不過，我已經決定了，不會再有《前度的羅生門》續集，也不會推出衍生遊戲，『重製版』也不會推出，希望你們明白我的決定，我想故事在這一刻不再『待續』，而是『結束』。」

我看著酒井菜月她們三個一直幫助我的人，我已經跟她們說好了，就算《前度的羅生門》有多暢銷，我也不會改變我的想法，她們也明白我的決定。

「最後，我想跟大家說，這是真正的結局，沒有其他結局了。不過，我不會放棄這間公司，未來日子，我們還要製作更多的好遊戲，無論面對外面幾多的風風雨雨，我們一起繼續努力，重新開始，再一次謝謝各位。」

掌聲再次出現。

重新開始從來也不容易，但我覺得一定可以的。

對吧？結央。

會議完結後，大家也回到自己的工作崗位，我走向酒井菜月。

「那個李西哲呢？」我問。

因為自從事件發生後，我再沒有在公司見過他。

「他請了大假啊。」酒井菜月碰碰我的手踭：「我都說你轉了口味，小鮮肉嗎？」

我跟她苦笑。

已經知道他不是兇手，不過，還是想親口問問他，為什麼會經常來探我。

一切好像回復了正常……

一切可以重新開始……

不過，全都是我的一廂情願。

沒想到……故事還未完……

一星期後，凌晨三點，遊戲公司。

「方正，還未走嗎？」陳思儀問。

「差不多了。」他伸了一個懶腰：「有些動畫片要做渲染，還要等一會。」

「那我們先走了。」周靜蕾說：「別要太夜。」

吳方正給她們一個讚的手勢，兩個女同事離開後，他繼續工作。

「還要等一會，去沖杯咖啡吧。」他對著電腦自言自語。

他離開書桌，走過走廊，在走廊看了一眼閉路電視的鏡頭。在遊戲中，他是一個喜歡偷窺的人。

他是想起了什麼嗎？

然後，吳方正來到茶水間……

突然！

「你……你是誰？！」他大叫。

《以為就此結束，原來未完待續。》

第十六章——真兇 FAKE〈3〉

第二天早上，辦公室內。

我拿著一張染血的字條，上面寫著：「EX KILL ME，遊戲未完。」

「吳方正在醫院，暫時沒有生命危險。」閔智孝說：「警方已派人保護他。」

「未有傳媒知道事件，我覺得暫時保密比較好。」酒井菜月說：「警方也想我們暫時保密，不想再引起公眾恐慌。」

早上六時，鍾寶全準備開會的資料回到公司，他發現了吳方正倒在茶水間，腹部被刀刺傷，立即報警。

字條留在吳方正身邊。

因為茶水間沒有安裝閉路電視，沒法看到發生什麼事，只聽到另一台閉路電視拍到吳方正走向茶水間，大叫了一聲「你是誰」後，就是痛苦的慘叫。

「那個人……是怎樣進來的？」我問。

「翻查了所有閉路電視，沒發現有可疑的人進入我們公司。」貝．丘英桑卡說。

「是……公司的人所為？」閔智孝問。

「不。」我指著打開了的玻璃窗：「我看過了，我們公司在一樓，兇手有可能是從窗外爬進來。」

我們以為已經找到了兇手，放下了戒備心。

我忘記了一件很重要的事……「不在場證據」。

為什麼有「不在場證據」？只因……

「『隱爵』是不需要出手殺人，只需要提供計劃。」

現在很明顯，張濤馬只是殺手，而整件事背後……

還有一個人在計劃！還有一位「隱爵」！

「吳方正醒了嗎？」我問。

「他剛跟我通過電話。」酒井菜月說。

我拿起了外套準備出門：「叫所有同事今天不用上班，還有，別要一個人獨處！」

「你去哪裡？」

「我現在去找方正！」

我快速離開公司，就在大門前看到斗泫。

「你要去哪裡？」

「我想去看看方正的傷勢，還有問他有沒有見到那個傷害他的人是誰。」我說。

「我跟你一起去！」

我猶豫了一會，想起了在遊戲中我們也是合作調查，然後，我點點頭。

很快，我們已經來到了吳方正入住的醫院。

我看到正在病床上休息的方正。

「敘逆……斗泫……」他想爬起來。

「別要起來。」我說。

「還……還未完結……還未……」方正痛苦地說。

「我知道。」我認真地看著他：「張濤馬，背後還有一個人。」

「對……一定是『隱爵』做的……」方正說。

「其實……我在張濤馬的影片中，看到一個奇怪的情況。」斗泫說：「不過，我以為已經捉了他，沒有放在心，也沒有告訴你們。」

「是什麼？」我問。

她拿出了手機播放著張濤馬的影片，就在最後……

「你們看到嗎？」斗泫再次重播最後一段。

「……**然後跟我生很多很多的孩子……可以嗎？**」

他說了一句「可以嗎」！而且眼球有移動，好像在跟攝錄機前面的人說話！

「他跟誰說話？如果是有人教他錄這段影片的話……」斗泫說：「而且把影片放上網……」

「有其他人在同一房間！」我說。

影片未必是張濤馬放上網，而是另有其人！

為什麼「那個人」要這樣做？！

《是別要相信陌生人？還是害你最多的自己人？》

第十六章——真兇 FAKE〈4〉

「我……我就是下一個……要被殺的對象嗎？」吳方正快要掉下眼淚。

「放心，警方會保護你。」我看著門前的警員：「我也會找人來保護你！」

張濤馬背後一定有「隱爵」，殺手被捕後，就由他自己出手！

有一個很重要的問題，葛角國和韓志始都被殺死，那個「隱爵」卻沒有殺死吳方正？是失手了？還是要給我們一個警告？

「你有沒有看到那個人的樣子？」我問。

「沒有。」他搖搖頭：「事出突然，我只見到一個……一個黑影，他攻擊我之後，就從玻璃窗逃走，我就慢慢昏迷了……」

我沒有猜錯，兇手是從玻璃窗進來的。

「對不起。」我緊握著拳頭：「幾天前我才說已經結束了。」

「逆，不是你的錯。」斗泫說。

「方正，你要好好休息，我一定會找出背後的兇手！」我跟他承諾。

「你要……小心……」吳方正捉住我的手臂。

我點點頭。

跟方正見面後，我跟斗泫來到了醫院的餐廳，我整天也沒有吃過東西。

我先要冷靜下來，才可以正常的思考，就像遊戲中的金敘逆一樣。

我看著斗泫喝著紅茶。

「你在看什麼？」她微笑說。

「沒有，在遊戲中有這一幕。」我說。

「當時你在偷偷地看著我，還在偷聽。」她說。

「對。」我無奈地苦笑：「沒想到，因為我的遊戲，會發生這麼多事。」

「或者，這就是命運的安排吧。」斗泫說：「有些人總是過得很平凡，無風無浪，有些人卻經歷無數的起起跌跌，才會有今天的自己。」

「斗泫。」

「怎樣了？」

「事件完結後……我會正式追求妳。」

「你……你怎麼突然表白？」她非常驚訝。

「我也不知道。」我說：「其實，在我腦海中還有一個結局，就是金敘逆與高斗泫幸福快樂地白頭到老。」

「那結央呢？」她問。

「如果對像是妳，我覺得她不會反對的。」我說：「對不起，突然說出這些話。」

她有點手忙腳亂，轉移了話題：「對！你說的『第四個結局』，記起來了嗎？」

「還沒有，不過我已經叫那個作家幫手調查。」我說：「他看來蠻可靠。」

我沒有忘記，除了殺人事件，還有「第四個結局」的事。

她突然間數數手指：「五個！」

「五個？」

「我不就是你的……第五個結局嗎？」她莞爾。

「嘿，對。」

跟斗泫一起，總是給我很舒服的感覺，我希望她就是我的現實世界中最後一個結局。

「好吧，我們再重新組織一下謀殺案的經過。」斗泫說。

「好。」

就在此時，我的手機響起。

日頭別要說人，夜晚不要說鬼，來電的人正好是那個作家。

「恭喜你找到了兇手！」他還未知道方正遇害的事。

「不，事件還未完。」我簡單說出昨晚發生的事。

「不會吧……」他非常擔心。

「你找我有事嗎？」我問。

「嗯。」他嘆了一口氣：「我已經……破解了遊戲的第四個結局。」

《找到對的人，再結伴同行。》

第十六章——真兇 FAKE〈5〉

一星期後。

今天是葛角國和韓志始的追悼會，我租下了一個小教堂舉行。

所有在遊戲出現過的角色也到場，吳方正也出院來了，作家也來了，還有「他」……李西哲。

葛角國和韓志始英俊的肖像，還有遊戲中的角色繪圖，放置在小教堂台上的旁邊，還放滿了白色的鮮花。

我不想追悼會太傷感，希望大家能分享跟他們兩人共事的點滴，紀念他們的故事。

沒有警方在場，也沒有記者，這是屬於《前度的羅生門》的追悼會。

各人也上台分享跟葛角國和韓志始的小故事，是感動的，甚至會讓人流下眼淚，不過，不是傷感的眼淚，而是懷緬的眼淚。

我偷偷地看著「他」。

這次的追悼會，本來只是為葛角國和韓志始而設，不過，「他」才是這次的聚會的「主角」。

「**遊戲的主角**」。

一切，從作家跟我說破解了遊戲的第四個結局開始，我……

終於找回我潛意識隱藏了的記憶。

我決定在今天，公開遊戲中的「第四個結局」。

我不知「救贖」這兩個字應該怎樣使用，但我覺得，把遊戲名字改回結央選擇的《前度的羅生門》不是全部的救贖，現在才是我的真正「救贖」。

大家分享完故事後，我走上台，在我背後落下一個巨型的屏幕。

「謝謝大家分享了跟葛角國和韓志始的故事。」我說：「而我決定了，把一個從來沒有公開的故事告訴你們，告訴在天國的葛角國和韓志始。」

他們不知道我會說什麼，大家也安靜下來。

「我想在此利用紀念葛角國和韓志始的追悼會，公開……《前度的羅生門》的第四個結局。」

台下的人開始議論紛紛，我看了作家一眼，他跟我點頭。

「這次能夠破解第四個結局，都是多得他幫助調查。」我看著作家：「然後，說出了我一直也被自己隱瞞的真相，對不起，我不是刻意隱瞞的，而是我的潛意識在我昏迷時，讓我欺騙了我自己記憶。」

我回想起那天在醫院餐廳，作家跟我說的話。

……

……

……

「我已經……破解了遊戲的第四個結局。」他說。

「真的嗎？」我說。

「你曾跟我說你的車禍地點在打鼓嶺蓮麻坑路，我調查過資料。」他說：「你出事的那天，蓮麻坑路根本沒有車禍。」

「什麼？怎會？」我非常驚訝。

「我想你也沒有刻意再調查吧，因為你的記憶跟你說，就在蓮麻坑路發生車禍。」他繼續說：「你的車禍，是在香港仔海傍道。」

我腦海中一片混亂，完全沒有這個記憶。

「本來，車禍地點也沒有什麼特別，你記錯也是有可能的，因為你的潛意識根本就不想你記起這件事。」他停頓了一會：「不過，我再調查過香港仔海傍道，在數年前同一地點，有另一宗車禍，當時男司機沒有大礙只是輕傷，而女乘客卻……傷重死亡。」

我的心，跳得快要掉出來。

「我調查到，男司機……**就是你**，而女死者是……**優結央**！」

我已經完全答不上話來。

「我覺得，你第二次發生的車禍，不是意外，而是……」

然後他用力地說出了兩個字……

「**自殺！**」

《你最想誰在你的記憶消失？又想誰把你留在記憶？》

終章——第四個結局

終章——第四個結局Ⅳ〈1〉

為什麼一個人要自殺？

因為痛苦？

因為內疚？

因為再沒有東西留戀？

我終於完成了，我跟優結央的遊戲，然後我……

選擇了結自己的生命。

……

‥

．

醫院的餐廳內。

「在你分享的故事中，有一個很奇怪的地方，可能連你自己也沒有察覺。」作家說：「你說在酒吧中，看著牆上掛著的時鐘，時間是十一時二十五分三十二秒。」

沒錯，我的記憶沒有錯，的確是十一時二十五分三十二秒。

「對，有什麼問題？」

「問題就是……」他說：「一個正常人，怎可能會記得是幾多秒？幾多時、幾多分也許不會記錯，但秒數根本就不可能會這樣清晰地記得。」

「這樣說……」我皺起了眉頭。

「沒錯，這就是『第四個結局』的關鍵。」他說：「怪不得，沒有人可以破解到你的第四個結局，因為，根本不會有人知道這麼準確的時間。」

「你意思是……」

「只要把遊戲機的時間，調校到你發生意外的那年，十一時二十五分三十二秒，然後立即開始遊戲，就會出現……第四個結局！」

……

……

…

小教堂內。

我把破解的方法告訴了大家，全部人聽到後非常震撼，調校時間的確有玩家會這樣做，不過，要精準地輸入同一個日子與時間，甚至是秒數，根本不可能做到。

作家在操作著遊戲機，我後方的大屏幕出現了調校時間的畫面。

他先調校年份，然後到時間，十一時二十五分三十二秒，然後等待十秒，來到三十二秒，他進入了《前度的羅生門》遊戲。

在主畫面中，出現了網絡下載……「追加遊戲內容」。

當我第一次看到「追加遊戲內容」的文字時，我的記憶……回來了。

在最初的選單畫面中，「設定」下方，多了一個選項「第四個結局IV」。

按下去，遊戲從酒吧開始。

……

…

.

酒吧播放著那天他們認識時同一首歌，五月天的《知足》。

結央的眼淚流下，然後跟著音樂讀出了歌詞：「如果你快樂，不是為我，會不會放手，其實才是擁有？」

結央還愛著敘逆的，至少，憑這句歌詞就可以知道。

當初，敘逆的快樂是跟她一起的時光，不過，敘逆慢慢地改變，他的快樂已經不再是結央，而是他的遊戲。

結央明白這一點，所以她決定「放手」。

放手才是「擁有」。

「沒其他事我先走了。」結央微笑地用手背抹去眼淚。

沒等敘逆回答，結央離開了。

歌曲來到最後一句……

「會不會放手～其實才是擁有～知足的快樂～叫我忍受心痛～」

敘逆看著牆上掛著的時鐘，十一時二十五分三十二秒。

他突然捉住了結央的手臂。

「最後一次，讓我……送妳回家。」

結央回頭，本來想拒絕，卻看到流下眼淚的敘逆，她也忍不住再次流淚。

「我不會再騷擾妳，給我最後一次機會。」

結央點頭。

或者，「放手才是擁有」、「忍受心痛」的人，不只是其中一方，而是兩個因為性格不同而選擇放手的人。

他們全程車也沒有說話，享受著最後一次相處的時光。

時間就像停止了一樣。

兩個人的腦海中，出現了從前一起快樂的畫面，很簡單、很幸福。

沒想到關係來到這一刻，他們從遊戲開始，同時，也從遊戲結束。

敘逆流著淚，卻沒有發出任何聲音，他只是強忍著那一份揪心的痛苦。

汽車來到了香港仔海傍道，敘逆用手背抹去眼淚……

突然！

一隻花貓跳出了馬路！

敘逆立即轉軚本想避開花貓，卻因為汽車失控，撞向了石壆！

坐在乘客位置的結央首當其衝！被撞至腦震盪重傷昏迷！

敘逆半昏迷地看著已經不省人事的結央……

「央……央……」

從那天開始，他們兩人……永遠分開。

此時，畫面全黑，出現了一句文字。

「這不會是我們的結局，我們會在遊戲中繼續。」

「永遠的繼續。」

《我不想痛苦，我只能祝福。》

然後，遊戲進入了回憶部份，出現了敘逆在最初創作遊戲的畫面。

遊戲內容跟現實一樣，敘逆知道結央拒絕了合約，同時，出現了敘逆跪求把遊戲改名的畫面。

因為他覺得是自己間接害死了結央，他一定要完成整個遊戲，這是對自己的「救贖」。

幾經辛苦及波折，遊戲終於真正的完成。

大家都在鼓掌，遊戲終於可以推出，在人前，敘逆是快樂的。

他一直對著其他人微笑，心中卻是……痛苦。

不是《前度的謊言》，而是《前度的羅生門》。

不是敘逆一個人的遊戲，而是他與結央的遊戲。

遊戲推出後，敘逆再次駕著汽車，來到了當初車禍的地點，香港仔海傍道。

然後，遊戲出現了兩個人快樂、痛苦、擁抱、吵架、幸福、悲傷等等不同的畫面，快速在螢光幕略過。

也許只是數秒鐘，卻代表了……他們的故事。

遊戲中最後一個鏡頭，是敘逆駕車的正面，他流著淚，微笑。

然後是一下剎車的聲音，畫面全黑。

「終於你身影～消失在～人海盡頭……」

「才發現～笑著哭～最痛……」

THE END

小教堂內。

很安靜，我只聽到教堂外鳥兒的叫聲，大家都沉默下來。

「這就是《前度的羅生門》第四個結局。」我說：「我把跟結央真實發生的事都加入了遊戲之中，駕車的人是我，是我間接害死了結央。同時，當遊戲推出後，我決定在同一個地方了結自己的生命。」

我深呼吸繼續說。

「不過，現實卻不像遊戲一樣，最後的車禍，大家都認為不是我的汽車撞向石壁，而是被另一輛中型貨車撞到，最後我沒有死去，只是昏迷不醒。」我看著「他」：「就這樣過了三年，我醒來後，潛意識把我這段痛苦的記憶抹去，但當第四個結局破解後，我終於記起了所有事情。」

「我調查過自己車禍出事的資料，醉酒駕駛的中型貨車司機的酒精測試報告，司機有喝酒，但根本就沒有超出標準，只是他曾有前科，最後被判有罪。其實，不是貨車司機出錯而引致車禍，而是我想自殺。當時正好貨車司機撞上了我的汽車，讓他成為了……」我看著前方的十字架：「**我自殺的代罪羔羊**。」

「他」……握緊著拳頭。

「那個貨車司機在一年多前在獄中病死，而且是含冤地病死。我完全沒想過自己會連累了一個無辜的人。」我表情痛苦：「在場有一個人，『他』比我更早破解了第四個結局，他在遊戲中發現了我根本就是想自殺，不是貨車司機的錯，他決定回來……『報仇』。」

「『他』在我的辦公室內留下了字條，說知道我的『秘密』，當時，我根本就沒有這段記憶，我不知道自己害死了另一個無辜的人。」

「他回來報仇？那個人……就是殺死葛角國和韓志始的人嗎？就是真正幕後兇手？」在場的吳方正大聲地問。

我沒有回答他，我走下了台，慢慢地……走向了「他」。

全場人的焦點都落在「他」身上。

「他」的表情充滿悲憤，我明白他的感受。

「第一個破解第四個結局的人是你，對吧？」我走到他的面前：「你就是那個……」

「無辜貨車司機的兒子，李西哲。」

《深愛一個人總會付出某些代價。》

終章──第四個結局 IV〈3〉

李西哲用一個痛苦又憤怒的表情看著我。

他……流下眼淚。

「快報警！」酒井菜月拿出了手機。

「逆，要小心他！」斗泫想把我拉走。

我……阻止了她們。

我想當面跟李西哲說清楚。

「你不知道我是真的忘記車禍的事，還是有心不說你父親是無辜，對吧？」我看著他：「現在，我可以肯定的跟你說，我承認所有自己的過失與責任，不是你父親酒後發生車禍，而是我本來就想自殺，他是……無辜的。」

為什麼李西哲會出現？因為前天我聯絡過他，跟他說會還他父親一個「公道」，請他一定要來教堂。

「終於……終於……」李西哲想從衣袋中拿出東西。

全場人也非常緊張，怕他會對我不利，傷害我！

我沒有閃避或退後，我……擁抱著他。

深深地擁抱著他。

「對不起。」我的眼淚流下：「是我的錯，是我的自私間接傷害了你們父子。」

當我調查車禍的資料，發現了他們原來就是父子，我從網路上找到了他曾就讀的光大中學，看到了其中一張相片。

相片是李西哲得到了全港中學電腦程式設計比賽的總冠軍，在相片中，是他跟父親的合照。

為什麼我一直覺得他很面善，好像在哪裡見過他的樣子？

因為，他跟父親的樣子很像。而我在車禍時，最後一個畫面就是看到他父親的樣子，他驚慌的表情，深深印在我的腦袋之中。

在相片下方寫著，李西哲的得獎感受。

「**這個獎不只是屬於我的，是屬於我父親！他辛苦地工作，每天送貨都早出晚歸，然後買了第一台電腦給我，我才開始研究寫程式，他才是最值得擁有這個獎的人，最偉大的父親。**」

李西哲經常來探我，最初我以為他會說「快點去死」、「別要醒來」等說話，希望間接害他父親入獄的我，快點死去，將憤怒投放在我的身上。

不過，醫院的護士跟我說，李西哲一直也跟昏迷中的我說話，有一次，護士聽到他跟我說：

「快醒來吧，我只想聽你親口向我父親道歉。」

他有時還會替我抹身，甚至是幫我剪頭髮，所以會帶著剪刀。

他的「報仇」方法，就是一直照顧我，等待我醒來，然後要我內疚……內疚一世。

可惜我的記憶沒有完全恢復，他的「報仇」方法失敗了。

不過，現在我終於記起所有事情，我決定真真正正跟他，還有他的父親道歉。

「謝謝你在醫院中照顧昏迷的我，你是一個聰明又善良的孩子。」我笑中有淚：「你的父親在天上一定會很安慰。」

李西哲淚崩了，他放聲大哭，一直在我的胸膛上哭泣，這幾年來，他一直的努力，終於得到了回報。

一個間接害死他父親的人，終於……向他的父親道歉了。

或者，這個「第四結局」，才是遊戲與現實中……

最值得破關的結局。

《**如果你心中只有仇恨，這才不是真正的人生。**》

終章——第四個結局 IV〈4〉

我拍拍李西哲的頭：「放心吧，我會代你父親好好照顧你，而且公司很需要像你一樣的天才，我會向法庭說清楚，你父親是沒有罪的。」

「謝⋯⋯謝謝你。」他說。

「智孝，麻煩你先帶他去休息室。」我跟她說：「我還有事跟其他員工說。」

「沒問題。」

他們一起離開了教堂。

「敘逆，這樣說，李西哲不是背後的兇手？」朱明輝問。

「他不是。」我回看眾人：「而且⋯⋯我已經知道誰是教唆張濤馬的『隱爵』。」

然後，作家走到我身邊，說出一句他一直很想說的台詞。

「兇手，就在你們之中。」

「你意思是，兇手在就在我們公司？」文漢晴問。

「不會吧？誰會這樣殘忍？」鍾寶全說。

我跟作家追查所有的線索，終於推論出兇手「最大機會」是誰。

沒錯，是「最大機會」，因為我們還不能完全肯定，所以，現在才是真正「緝兇的關鍵」。

全場人也看著我們。

「那個『隱爵』沒法抽離遊戲，希望在現實中繼續上演《前度的羅生門》的故事。」我看著眾人：「他是一個非常熱愛遊戲的人，甚至不惜殺人來延續遊戲。」

「我們每一位都非常熱愛這遊戲！」幼真說。

「對，我也很喜歡！」希善說。

「但妳們怎說也能夠抽離。」我說：「在我甦醒後，我明白沒法完全抽離遊戲的感受，有時會把真實與遊戲混淆，我非常明白那種感覺。」

「那個『隱爵』是誰？」黃若婷問。

我跟作家點點頭，我們討論過，不能直接說出來，因為我們要……**引他出來**。

「首先，斗泫發現兇手的錄影帶影片中，張濤馬的房間內還有『另一個人』存在，如果沒錯，他就是利用張濤馬殺人的『隱爵』。」我在每個人身邊走過：「曾跟蹤斗泫她們三個女生的張濤馬，很適合成為殺手，因為張濤馬同樣在遊戲中不能自拔，『那個人』就是利用了這一點，然後控制著張濤馬。」

我無意地看了「那個人」一眼，他沒有任何的異樣，繼續聽著我說話。

「還未完全了解事件的真相時，我的確認為李西哲就是『隱爵』，不過，當我們調查清楚後，發現一直走錯了方向。」我看著作家。

「首先，是從敘逆醒來後開始，那個人就開始指使張濤馬殺人，很明顯就是要讓創作者銀敘逆，看到現實世界都存在『前度暗殺社』的情況，他要跟敘逆繼續玩這個遊戲。」作家說：「最初，我們在想，為什麼張濤馬會知道葛角國和韓志始的住址，然後加以殺害？」

「因為張濤馬是跟蹤狂，他一直跟蹤大家的行蹤！」希善說。

「沒錯，最初我們也是這樣想，不過，當我發現志始的死亡地點，就覺得很可疑。」我說：「你們記得嗎？當時兇手在外，我不斷吩咐大家要小心，而志始也聽了我的說話，去了另一個地方暫住。」

「對！志始曾跟我說，他暫時搬去小時候住過的舊屋！」幼真說。

「那為什麼他會在舊屋附近被殺？除了你們內部的人，沒有其他人會知道他搬去那裡。」作家說。

「因為張濤馬是跟縱狂，所以⋯⋯」斗泫在思考著。

「錄影帶的拍攝日子與時間，跟志始那天搬去舊屋的時間只差十分鐘。那天，志始跟公司的人說會搬去舊屋後，就沒有回去本來住的地方，之後也沒有回來公司，張濤馬正在拍錄影帶，要怎樣跟蹤他？他又怎知道志始的舊屋地址？」

全場人也屏息靜氣。

「知道韓志始舊屋地址的人，只有公司內的人，張濤馬沒有跟蹤韓志始，而是由你們之中的其中一位……」作家指著他們：「把韓志始的地址轉告張濤馬！」

《已經來到第幾個結局？第幾層佈局？》

終章——第四個結局 IV 〈5〉

「當時為了安全，我的確有把大家暫住的地址寫下來。」貝．丘英桑卡說。

「會不會張濤馬偷偷走進了公司，得到各人的地址？」閔智孝問。

「這就是我們想到的第二個問題。」我說：「根本就不可能有人偷偷闖入我們公司！」

「什麼意思？我們不是有可以打開的窗嗎？」酒井菜月問。

「因為葛角國的死，為了安全起見，我在公司安裝了閉路電視，在所有拍到的影片中，沒有發現我們公司以外的人。」我說。

「的確，快遞都只是送到公司樓下。」陳思儀說。

「清潔的姐姐也沒有來清潔。」周靜蕾說。

「這段時間，只有我們公司的人。」我說：「最初，我也覺得有人可以從玻璃窗爬入公司，因為我們公司只在一樓，不過……根本就沒有人從玻璃窗爬上來。」

「閉路電視沒有拍著玻璃窗的位置，你們怎知道沒人爬上來？」斗泫問。

我把一張相片投射到大螢幕上，是我們公司唯一能打開的玻璃窗。

「如果要從樓下爬上來，一定要用物件扣死在窗框，然後才可以爬繩上來，但窗框卻沒有任何被物件勾過的痕跡。你們知道一個成年人的體重有多少嗎？不可能沒有留下痕跡的。」作家說：「之前我們的觀點出錯，問題的重點，不是玻璃窗能不能打開，而是……**有沒有人從玻璃窗爬上來**。」

「真的沒有痕跡！」黃若婷看著大螢光幕：「但不是有人從玻璃窗爬上來攻擊方正嗎？」

好了，來到現在，才是真正的「重點」。

「有人打開過玻璃窗，不過，卻沒有人從玻璃窗爬上來。」作家說。

「什麼意思？」文漢晴問。

「如果沒有人從玻璃窗爬上來，就是公司其他人攻擊方正吧？」朱明輝說。

「你只說對了一半。」我說：「在警方提供的資料中，方正被傷害的那晚，大約是凌晨三點，大家都有不在場的證據。」

「不是公司員工攻擊方正……」斗泫問：「又不是外來人，為什麼會這樣？」

「妳的說法有點錯誤，不是『沒有人』可以攻擊吳方正……」作家說。

「你不是想說有什麼鬼魂吧？」希善看著作家。

「如果是鬼魂，也許更容易解釋吧。」作家苦笑：「才不用找尋這麼多的線索。」

我站在「他」的面前，「他」抬起頭看著我。

「我在想，為什麼兇手不像殺死葛角國和韓志始那樣，同樣殺了你？」我樣子嚴肅：「是因為兇手不似張濤馬一樣心狠手辣？是他失手了？還是只給我一個警告？」

直至現在，「他」沒有任何一句說話。

「我在想，為什麼兇手不殺了你？」

吳方正看著我。

「很簡單，只有一個原因，因為……」

……

……

……

「你、就、是、幕、後、的、兇、手！」

《戲中有戲、局中有局，就如人生。》

終章——第四個結局 IV〈6〉

「遊戲的影響力比你想像的大！大很多很多！」

「你的遊戲是史上最偉大的作品，一定會繼續影響後世人。」

在醫院時，吳方正曾跟我說過這兩句說話，當時我從他的眼神中，看得出他是非常非常認真，同時是一個……

走火入魔的眼神。

現在的他，又變成了無辜的眼神。

「敘逆……嘿，你在說什麼？」方正指著自己的傷口：「我也是受害者！怎會是幕後兇手？！」

「就像遊戲一樣，你利用了『監視』的方法，來製造自己就是受害者。」作家播放著當晚凌晨三點拍到畫面：「你很大聲地說『還要等一會，去沖杯咖啡吧』，本來也沒什麼的，因為我也經常自言自語，不過之後……」

畫面定格，是吳方正看著螢光幕的畫面。

「也許你自己也不察覺，你看了一眼閉路電視鏡頭。我覺得很奇怪，為什麼你突然這樣做？」作家說：「加上你自言自語的說話，很像在『提示』著自己要去茶水間沖咖啡，同時，要讓鏡頭拍到你。」

「為什麼他要這樣做？」酒井菜月問。

「因為他要做成是被『隱爵』所害，自編自導自演在公司被刺傷，用來洗脫嫌疑！」作家說：「高斗泫發現了張濤馬的錄影帶片段，最後他對著另一個人說話。也許，吳方正也發現了這一點，你怕被懷疑，所以你不惜傷害自己來讓人覺得你也是其中一位受害者，而且，在張濤馬的說話中，也刻意指名道姓提及你的名字就是下一個目標，或者，這是你最初的安排吧？」

「不是只這樣。」我接著說：「我覺得你是想向我挑戰，因為張濤馬被捕，真實世界的遊戲就會結束，你不想就這樣結束，已經對遊戲走火入魔的你，想繼續跟我玩下去。」

在遊戲中，方正殺死了他們兩人，在現實世界中，他同樣這樣做。

對著遊戲他無法自拔，影響了他整個人的性格，因為，他就是遊戲中的「兇手」。

有太多的例子，玩遊戲的玩家變成了真正的殺人犯，不過，我沒想到《前度的羅生門》也同樣發生這樣的事。

「而且我剛才說李西哲要『報仇』，你第一個走出來說『那個人就是殺死葛角國和韓志始的人嗎？就是真正幕後兇手？』」作家說：「將錯就錯，你想把『隱爵』的罪名，加在李西哲的身上。」

「還有，你之前說葛角國經常跟前度吵架，也是為了混淆視聽，把調查方向推向另一方。」

我說。

「逆！我是你公司的員工！你怎可以跟這個爛作家一起誣衊我？」吳方正說：「你們根本就沒有證據！全部都像小說故事一樣！」

不夠！還不夠！

還未把他逼到走投無路！

「的確，峰迴路轉得好像一本小說故事。」作家說：「這是第幾個結局？我已經數不出來了。」

「你也承認吧！這只是你的幻想！」吳方正按著自己的傷口痛苦地說：「我還未完全康復，現在你們還要這樣懷疑我……」

「你要證據嗎？」我冷冷地說：「當然有。」

聽到我這樣說，吳方正……呆住了。

《沒有逃避的通道，要讓他走投無路。》

「你以為很好玩嗎？」我帶點生氣，然後指著幼真和希善：「你以為是跟著遊戲來玩嗎？你有沒有讓幼真和希善喜歡你？你以為在跟著我的劇本？錯了，在現實世界的你……根本沒、有、人、愛、你！」

他的眼神，出現了半秒的憤怒。

「幼真！希善！妳們有沒有像遊戲一樣，在現實中愛上過吳方正？」我大聲地說。

對不起，我需要妳們幫助！我要讓方正更憤怒！

「我……沒有，完全沒有。」希善說。

幼真也搖頭：「那只是遊戲，我們根本就不是青梅竹馬的朋友！」

「就是了！」我看著在場的人：「在遊戲中，你是一個古怪的人，不過卻很浪漫，為了向希善表白，甚至可以殺人！而且願意成為幼真身後的守護天使！現實呢？現實中，你只不過是一個遊戲公司的職員，你想像遊戲一樣？別妄想了！」

「別要說了！別要說！」他的情緒開始激動。

「只是我在遊戲中使用了你的名字，是我賜予『吳方正』性格和身份，而你……」我字字鏗鏘：「只不過是一個……**在、現、實、世、界、的、普、通、人！**」

吳方正瞪大了眼睛看著我，然後，他看著全場的人都在看著他。

「才不是……我是很重要的角色！」他的汗水流下：「才不是普通人！才不是！」

「不，你不只是普通人，你甚至是……」我扭曲了面容跟他說；「比我製造出來的角色更可憐的**可、憐、蟲！**」

就在此時，剛才就拿著手機的作家，走了過來！

「警方聯絡我！已經確認了！張濤馬已經供出那個指使他的人！」他用力地說：「**那、個、人、就、是、你！吳、方、正！**」

吳方正瞳孔放大，不斷搖頭！

然後他說……

「不可能！拍攝時帶著頭套，他不會認得是我！」

……

…

．

時間，好像停止了一樣。

全場人也靜了下來，感覺就連教堂外的島兒也靜默下來，只聽到吳方正的沉重呼吸聲。

我們終於……成功了！

成功把他逼到絕路！

其實，我跟作家根本就沒有任何證據，我們只是一步一步把吳方正……推向懸崖！

我們有想過，張濤馬為什麼沒有說出是誰教唆他殺人？

只因，那個人才不會表露自己的身份，就如遊戲中的「隱爵」一樣。就因為這樣，如果吳方正跟張濤馬見面，一定不會表露身份，不是戴上面具，就是頭套之類的東西。

這次，他終於……**親口承認了！**

「不……」他目光空洞，看著教堂的十字架，釘著耶穌的十字架。

「是你……親口承認了。」我狠狠地說。

「你這個賤人！我才不是可憐蟲！我要像你一樣成為遊戲的神！我是神！」

吳方正走向我，同一時間，警方收到作家的指示，從大門走入了小教堂，把吳方正拘捕！

一個對遊戲走火入魔，喪失理智的人，終於被拘捕！

角國！志始！我終於幫你們找出真正的兇手！

吳方正還在瘋狂大叫！然後被警員帶走！

就在他離開教堂時，我看著他的背影說……

「對不起。」

《完美犯罪不多，總有百密一疏。》

終章——第四個結局 IV〈8〉

半年後。

吳方正被捕後，已經過了半年。

半年前大批記者追訪，不過，現在事情已經淡化，各人回復了正常的工作與生活。

警方在吳方正和葛角國的家中，找到了整個計劃的證據，當時跟張濤馬拍攝的影片，還有和張濤馬聯絡的資料。我在想，如果不是我們發現吳方正就是「隱爵」，也許警方永遠也沒法找出幕後的兇手，然後不了了之。

我想有太多的案件就是這樣作結。

吳方正被判處教唆謀殺，因為他是精神病罪犯，被判入小欖精神病治療中心服刑。

在他羈押期間，我有去找過他。

「你來找我幹嘛？」他冷冷地說。

穿上囚衣的他，比我想像中精神。

「我想親口跟你說聲對不起……」

當時我侮辱的說話，只是想讓他出錯。

「別跟我來這一套！」方正樣子憤怒：「葛角國和韓志始兩個不是我害死的，而是你！」

「我知道是我的責任，我不應該讓你們加入遊戲之中。」我說：「所以我才來……」

「哈哈哈哈哈！」他瘋了一樣大笑：「你是遊戲的『上帝』！上帝是不會跟平民道歉的！哈哈哈！」

他在恥笑我，真心的恥笑我。

「敘逆……」他突然又變得認真起來：「由你開始設計《前度的羅生門》開始，已經是一個錯誤。」

「為什麼？」

「你沒有想過會影響到這麼多人，包括了張濤馬、李西哲，還有我。」他相當清醒：「你才不是上帝和天使，你是……魔鬼，最可怕的魔鬼。」

我明白他的想法，如果沒有這個遊戲，就不會發生這麼多事，不過……

「你會永遠活在痛恨之中，你死後會下地獄，你才是真正的兇手！」他用手拍打在桌面。

他用全力拍打，不斷打，獄警看到他的行為，立即上來阻止。

「對不起，犯人情緒有問題，探監時間終止！」

「惡魔！魔鬼！殺人兇手！」

吳方正不斷地大叫，直至他被帶回監倉，我再沒有聽到他的聲音。

「我……我會再來的。」我對著無人的空間說。

我來找方正，除了是想跟他道歉，我更希望可以用他來……懲罰自己。

或者，方正說得對，我才是真正的兇手，不過，我沒有後悔製作《前度的羅生門》，因為這是我跟結央的「孩子」。

我走出了小欖精神病治療中心，看著藍天白雲，我想起了在遊戲中，金敘逆在南豐紗廠外抽煙的一幕。

「央，終於結束了。」我對著天空說：「事情終於真正的落幕了。」

我點起了香煙，吸了一口。

「我不會再自殺的，我要帶著對妳、對其他人的罪惡感，繼續生存下去。」我說：「我希望自己能成為一個……更好的人，妳聽到嗎？」

我知道，她是聽到的。

《不選擇逃避，是因為對人生還未放棄。》

終章——第四個結局IV〈9〉

遊戲公司的大門前，放著一隻巨型洋娃娃公仔。

事件結束後，姜爵霆送來了一個巨型公仔，就是遊戲中那個洋娃娃，他說是吉祥物，希望我們未來可以重新開始，公司業務蒸蒸日上。

這幾個月，我們已經開始研發新的遊戲，這次我全權交給了李西哲製作。我沒有食言，我會代替他死去的父親，好好照顧他。

《前度的羅生門》再次牽起遊戲監管的問題，不過老實說，愈是監管，銷量愈好。

人性就是這樣。

不過，我已經決定不會推出續集，就讓遊戲在這裡完結吧。

「敘逆你回來就好了，日本遊戲商那邊想……」酒井菜月走進了辦公室：「你不會又想走開嗎？」

「對，我約了人。」我穿上外套：「所有事就由你們三個決定吧，我全權交給妳們！還有，我看過西哲的遊戲設計藍圖，沒問題，可以繼續。」

「你要去哪裡？」

「一個懷念的地方。」我微笑說。

……

……

南豐紗廠咖啡店。

這裡就是遊戲開始的地方，今天我約了她們三個來這裡。

「逆！」斗泫叫著我的名字。

「妳的男朋友來了！嘻！」希善笑說。

我已經跟斗泫一起了。

「今天要訪問你，你就穿得好看一點不行嗎？」斗泫說。

「我覺得OK的，嘿。」我說。

「耍花槍！耍花槍啊！」幼真揶揄我們。

「等等……」希善突然四處張望，還拿起了桌上的碟子。

「你在做什麼？」幼真問。

「偷聽器！我要看看有沒有偷聽器！」希善說。

我們呆了半秒，然後一起大笑了。

「你的笑話很爛啊！」幼真說。

「對！你這個遊戲的最後BOSS，下次演得認真一些好嗎？」斗泫笑她。

「才不是！我覺得我全程投入，演得很好！」希善說。

她們三個妳一句我一句非常熱鬧，這就是最簡單的快樂。我記得在遊戲中金敘逆曾說過：「她們真的是朋友嗎？」

在現實中，她們真的是好朋友，而且因為我的遊戲，她們的關係變得更好。

或者，我的遊戲未必全都是壞的，至少可以讓她們的友誼更堅固。

至少，也可以讓某些人得到遊戲的樂趣。

我們開始聊東聊西什麼都說。

「逆，你記得嗎？在遊戲中的斗泫說過『由舞會第一次見到你，總是覺得我們很早已經見過面』這句台詞嗎？」斗泫問。

「我記得。」我說。

「我們討論過了。」希善說：「可能是因為大家也重複又重複地玩這遊戲，讓遊戲中的斗泫記得你！」

「因為每次重新開始遊戲，所有的記憶和紀錄都會重來，但斗泫的腦海中還殘留上一周目的印象，所以才會說『不是第一次』見過你！」幼真解釋。

我想了一想她們的說話：「不錯，這個想法很有趣！」

「其實不只是在遊戲，在現實中我也有同樣的感覺。」斗泫說：「會不會現在我們身處的世界，其實也是重複又重複地開始？」

「看來妳們開始討論哲學的問題了。」我笑說。

她們又再次興高采烈地討論起來，這個話題真的很有趣。

什麼是真實？

什麼是虛假？

或者，我們身處的世界，就是一個最大的……**羅生門**。

沒有人知道是我們在玩遊戲，還是玩遊戲的人在控制著我們，沒有人知道是我們在看小說，還是我們只是小說中的人物，根本……

就沒有真正的答案。

但有一點不會錯的。

無論是真是假，只要在生活中、故事中、過程中找尋到快樂，**就已經足夠了**。

對嗎？玩家？

其實，人生真的沒有「二周目」嗎？

我看著藍天，微笑了。

THE END

《前度的羅生門結束，真實的羅生門才開始。》

《前度的羅生門》第二部全文完．

特別篇——擴展

特別篇——擴展 EXTRA

4023年。

一艘太空船上。

他放下了手上一本已經非常殘舊的小說，書名是《前度的羅生門》。

「在看什麼書？」基多圖問。

基多圖是一個AI人工智能。

「唉，一個二千年前的故事，一、二部都看完了。」他說：「你有沒有看過？」

「我資料庫有這本書。」基多圖在運算：「一秒前，我看完了。」

「你真好，不用慢慢閱讀。」

「你才好，可以慢慢閱讀。」基多圖說：「為什麼看完後你會在嘆氣？」

「我在想……」他說：「究竟哪個才是真實？」

基多圖沒有回答，等待他的說話。

「小說的前半部是遊戲？然後後半部才是真實的世界？」他說：「還是，小說的前半部是真實的，後半部才是作家想把故事完整地完成，才寫出來？」

他再次嘆氣。

「什麼是真實？什麼才是虛假？」他繼續說：「我現在身處的世界是真實的嗎？抑或我也是由其他人像寫小說般創作出來？」

他走到玻璃窗前。

在太空船的玻璃窗外，是一個曾經被稱為「地球」的行星，現在已經失去光芒，變成一個鐵芯殘骸。

「我可以給你答案。」基多圖說：「根據作家的生平……」

「等等，誰說我需要答案？我不需要答案。」他阻止了基多圖：「不是所有事情都一定需要答案的，我的問題，也只是一種感嘆。」

「人類真的很奇怪。」基多圖說。

「沒錯，所以我才是沒用的人類，而你是非常有用的AI。」他笑說。

「我反而想成為人類。」基多圖說。

「算了吧，你不可能。」

此時，太空船房間的大門打開，一個穿著制服的長髮女生走了進來。

「你還在看書？有新的任務！」她說：「隊長要我來找你！」

「休息一下不行嗎？」他不情不願地說：「我才從任務回來不久，這麼快有新任務？」

「對，快點來吧！」她說：「聽說是很重要的任務。」

「這次是什麼時間？」他問。

「二十世紀初。」她看看眼前的立體影像：「對象是一位在德國出生，猶太裔的理論物理學家，他的名字叫……愛因斯坦。」

「愛因斯坦？名字真古怪，希望是一個有趣的任務吧。」他說。

「那個新人也會加入今次的任務。」她說。

「什麼？真麻煩，我怕他像上次一樣亂來！」

「這也是隊長的決定，你快點來會議室！」

「知道了，我現在來了！」

他穿上一件外套，外套上寫著……

「**時空管理局**」（**TimeLine Restart**）。

同時，名稱下方有一句文字……

「我們改變世界，讓世界不改變。」

……

……

……

孤泣全新小說《時空管理局》……

COMING SOON.

《我是一個改變世界的人，我的任務就是讓世界不改變。》

《前度的羅生門》後記

「Excuse Me，天使已死。」

終於完成了。

意想不到，對吧？

最初的書名的確是《前度的謊言》，不過，最後我決定改為《前度的羅生門》，就如結央所說的，更加有意境。

我們的世界，充滿了羅生門，就如故事一樣，每個人都會為著自己的利益而說謊，去到最後，就連「小說」也在欺騙你。

在第一部我決定選擇「完全」去欺騙你，第二部才告訴你真實的故事，感覺到我的「惡意」了嗎？嘿。

這次是用「群像劇」的寫法，這種寫作手法我很少用，不過，感覺還不錯呢。

敘逆在我的小說中，是其中一個我最喜歡的角色，他是一個不懂愛情的人？不，他才是最懂得愛情。他就像每個男人的成長歷程一樣，會出錯、會後悔、會改過，然後，用遺憾的心情去繼續生活。

「遺憾」不代表一定是不快樂，反而我更加覺得是……「成長」。

這次的故事非常的複雜，人物關係很多，最後再來一個「顛覆」的鋒迴路轉的結局，我太喜歡寫這種懸疑愛情故事！我總覺得會有一天，可能是我死了以後，有讀者會討論最喜歡孤泣的哪部小說，然後有人會說：「是《前度的羅生門》！」

謝謝您看到這裡，閱讀的過程是快樂的，但願您合上書以後，可以回味故事的每一個細節，讓故事永遠留在您的腦海之中。

另外我想說，「前度暗殺社」的確存在的，或者，你身邊的那個人……

就是「隱爵」。

「Ex Kill Me，天使已死。」

孤泣字 2/2023

孤泣作品
LWOAVIE RAY COLLECTION
24

前度的羅生門 II

孤出版

lwoavie1

lwoavie

孤泣個人網址
ray.lwoavie.com

作者
孤泣

校對編輯
首喬

設計
孤泣

美術
joe@purebookdesign

出版
孤泣工作室有限公司
荃灣德士古道 212 號 W 212 2005 室

發行
一代匯集
九龍旺角塘尾道 64 號龍駒企業大廈
10 樓 B & D 室

承印
美雅印刷製本有限公司
九龍觀塘榮業街 6 號海濱工業大廈 4 樓 A 室

出版日期 / 2023 年 7 月
ISBN 978-988-75831-1-0
定價 / 港幣 $108